Le cahier de recettes

Du même auteur

Le hareng de nos mers, Les quatre chemins, 2009
Cuisiner, un sentiment, Carnets Nord, 2010
Tu mitonnes ! L'hiver, Carnets Nord, 2012
Tu mitonnes ! L'été, Carnets Nord, 2013
Voyage amoureux dans la cuisine des terroirs, Carnets Nord, 2016
Alexandre Couillon, Marine et Végétale, l'Épure, 2016
Marguerite, roman, Carnets Nord, 2017

Jacky Durand

Le cahier de recettes

roman

Stock

Couverture : © Louise Cand
Illustration : © Nilufer Barin/Arcangel Images

ISBN 978-2-234-08583-1

Toute ma vie, ce n'est qu'une recette qui se déroule au jour le jour avec des hauts et des bas.

Pierre Gagnaire, chef cuisinier.

Première partie

1

Je n'en finis pas de fixer tes mains sur la couverture de l'hôpital. Elles sont diaphanes comme du papier de soie. On dirait des racines échouées dans le lit d'un ruisseau. Moi qui les ai connues si vives et chaleureuses, même esquintées de la paume à la pulpe de l'index. Tu disais en riant que tu étais « le roi des brûlures ». Tu avais beau avoir toujours un torchon coincé dans ton tablier, tu l'oubliais au moment du coup de feu pour empoigner trop vite ces poêles dans lesquelles tu retournais avec les doigts les côtes de veau et les filets de perche. Et tu te brûlais sans rien dire, maintenant quand même tes mains dans l'huile bouillante ou démoulant tes gâteaux au sortir du four.

Tu disais qu'une brûlure chassait l'autre, que tu tenais ça du vieux boulanger qui t'avait appris, gamin, à faire du pain. Et tu riais quand je touchais tes cicatrices calleuses. J'aimais aussi jouer avec la dernière phalange de ton index, noueuse comme un cep de vigne, et je voulais que tu me racontes encore l'histoire de sa difformité. Tu me disais que tu n'étais alors guère plus âgé que moi. Tu étais assis à la table où ta mère venait de poser son hachoir pour préparer une terrine. Il te fascinait, cet engin en fonte dont tu avais le droit de tourner la manivelle tandis que ta mère y introduisait des morceaux de porc. Sauf qu'un jour, alors qu'elle était partie, tu avais mis ton index dans le hachoir. Il avait fallu chercher le docteur à pied sur la grand-route puis revenir avec lui dans sa carriole. Le toubib avait observé ton doigt. C'était encore l'époque où il était inconcevable de poser une question à un médecin. Il avait ordonné à ton père de tailler deux planchettes dans un morceau de peuplier. Tu avais serré les dents quand il les avait plaquées sur ton doigt. Puis il les avait maintenues avec des bandes taillées dans une ceinture en flanelle de ton père. Il avait dit qu'il reviendrait dans un mois.

Quand il avait ôté l'attelle, ton index était tout rose avec la dernière phalange pointant vers la gauche. Le docteur avait dit que ton doigt était sauvé mais que tu serais peut-être recalé au service militaire. Ton père avait froncé les sourcils en déclarant que tu ferais ton armée comme tout le monde. Et toi, tu secouais la tête en me racontant cela et en soupirant : « S'il avait su que je ferais vingt mois d'Algérie. » Tu continuais de gratter le fond des casseroles avec l'ongle de ton doigt difforme, tu disais qu'il était bien pratique pour récurer des endroits difficiles d'accès.

Je me souviens de ton index posé sur le dos d'un couteau, sur une poche de pâtissier. Tu t'appliquais comme si tu étais en train de passer ton CAP. Là, tout de suite, je le soulève, il me semble léger et minuscule comme un os de poulet de batterie. J'ai souvent eu envie de tordre ta phalange pour tenter de la remettre droite. L'idée même de ce geste m'a toujours terrifié. Non, je ne peux pas te faire cela. Et quand bien même tu serais déjà mort, je ne le ferais pas. Parce que je suis toujours hanté par cette histoire qu'on se racontait gosses à l'école primaire. Une histoire de croque-mort. Lors d'une toilette mortuaire, le père d'un copain avait tenté de redresser la jambe d'une défunte atrophiée par un cancer. Le membre avait cassé, le croque-mort avait été viré.

Je frôle encore une fois tes mains. Je voudrais qu'elles bougent, même d'un millimètre. Mais on dirait les spatules que tu suspendais à la hotte après les avoir fait danser tout un service en retournant tes galettes de pommes de terre. Je cherche dans la table de nuit la bouteille de parfum que je t'ai offerte pour Noël. *Pour un homme*, de Caron. « Vous verrez, c'est bien pour un monsieur de son âge », m'avait dit la vendeuse de la gare de Lyon. Je t'ai rasé le 25 décembre au matin et tu as arrêté ma main :

– C'est quoi ?
– Du sent-bon.
– J'en n'ai jamais mis.

Tu as consenti à ce que je t'applique quelques gouttes dans le cou, en grognant : « Un cuisinier, ça ne se parfume pas. Sinon, il se gâte le nez et les papilles. » Tu as reniflé, l'air circonspect, et lâché : « Ce que tu me fais faire quand même. » Je m'enduis les mains de parfum et je masse doucement tes doigts, tes paumes.

Il y a trois jours, après le service du soir, je n'avais pas sommeil. J'ai décidé d'aller faire le tour de la ville en fourgonnette. J'ai allumé une Camel en écoutant « No Quarter » de Led Zeppelin. Ton bruit, comme tu disais. La nuit était froide, les rues désertes. Un instant, j'ai hésité à aller boire un demi au café de la Paix. Mais j'avais envie de te voir. J'ai poussé jusqu'à l'hôpital, tapé le digicode de la porte du service de soins palliatifs que Florence, l'infirmière de nuit, m'avait donné. Le couloir était dans une pénombre orangée. La porte de ta chambre était entrouverte et, dans la lueur de la veilleuse, j'ai découvert un curieux jeu d'ombres que tu créais avec tes mains, les yeux fermés. Tu frottais tes paumes l'une contre l'autre comme si tu fraisais la pâte sablée de la tarte au citron qui figurait à la carte de tes desserts. Puis tu écartais les doigts en les pinçant vivement. T'efforçais-tu de retirer de petits morceaux de pâte ? Je me suis assis sur le bord du lit et je t'ai regardé faire. Je t'ai soufflé : « Papa, tu n'as pas perdu la main. » Je n'attendais pas de réponse. J'espérais juste que tu m'entendais. J'ai senti un pas paisible se rapprocher dans mon dos.

– Qu'est-ce qu'il fait ? a demandé doucement Florence.

– Il pétrit. J'ai cru qu'il faisait une pâte brisée, mais c'est du pain. Là, il enlève les bouts de pâte qui collent à ses doigts.

– C'est beau, ses gestes.

– Quand est-ce qu'il va partir ?

– C'est lui qui décidera.

2

Ce soir, j'entends encore les mots de Florence qui veille sur toi. On est samedi, elle est en congé. Avant que tu plonges dans le coma, il y a trois semaines, vous parliez beaucoup de cuisine la nuit. Tu lui décrivais tes plats, les œufs pochés aux girolles et vin jaune, tes pêches de vigne au sirop. Tu la régalais en racontant la confection de tes quenelles. Tu faisais non de la tête quand je disais qu'elle te faisait du charme pour te soutirer tes recettes. « Ni elle ni personne », répétais-tu dans un rire rageur.

Florence a une vraie tendresse pour toi. Je sens que ta solitude l'émeut. Elle ferme les yeux sur mon manège depuis six mois que tu es hospitalisé. « C'est imbouffable », avais-tu décrété au premier repas que l'on t'avait présenté. Alors je t'ai livré des « petits mâchons », comme tu l'as réclamé. Je dépliais soigneusement une nappe à carreaux rouges sur le lit. Je dressais ton assiette au gré de tes envies : salade de pommes de terre ; céleri en rémoulade ; jambon cuit au foin ; filets de hareng pommes à l'huile ; pâté en croûte. Et toujours un bon bout de fromage : du comté vingt-quatre mois ; de l'époisses ; un saint-marcellin. Tu as même voulu des œufs à la neige, pour me reprocher ensuite d'y avoir mis « trop de vanille ». J'ai aussi planqué dans un sac à dos une « fillette de vin » et un verre ballon. Il te fallait du rouge, épicé avec des notes de fruits noirs.

La veille de ton coma, je t'ai donné la becquée. Une compote de pommes avec un soupçon de cannelle et de citron. Tu ne parlais déjà plus. Depuis, tu n'as rien mangé. On te perfuse avec un cocktail d'Hypnovel et de Skenan, sédatif et morphine. Toi qui avais toujours répété : « Si un jour j'apprends que je suis foutu, cela ira vite. » Je n'aurais jamais imaginé que tu mettrais tant de temps à mourir.

Un soir, j'ai demandé à Florence : « Pourquoi s'accroche-t-il ainsi ? » Après un silence interminable, elle m'a répondu : « Et s'il vous laissait le temps de lui dire au revoir ? » Cette phrase m'avait mis mal à l'aise, elle me hante depuis. Parfois, je me sens coupable de ton coma. Je me dis qu'avec mes jérémiades, mon chagrin de vivant, je te fais souffrir en t'empêchant de partir. Un jour, je me suis collé à ton oreille parce que je voulais te dire : « Papa, pars si tu veux », mais les mots sont restés bloqués.

À mesure que je remonte ta chemise d'hôpital pour te frictionner avec le parfum, je découvre ta peau marbrée par les vaisseaux où ton sang semble se figer. Tu vas partir cette nuit. J'en ai acquis la certitude ce matin en commençant la préparation des vol-au-vent pour le dîner de la Saint-Valentin. Les habitués m'ont demandé ce plat que tu sers toujours le 14 février. J'ai commencé par le feuilletage. D'abord le découper en deux parts que l'on étale au rouleau avant d'y faire des ronds à l'emporte-pièce. Puis monter les vol-au-vent, les dorer à l'œuf battu. Au sortir du four, j'ai été déçu par le résultat. Mon feuilletage n'était pas assez gonflé. Je ne savais pas s'il fallait que je prolonge la cuisson. J'aurais voulu que tu sois près de moi pour me conseiller. J'ai ouvert la fenêtre et j'ai allumé une cigarette en sirotant mon café, dans la nuit de brouillard givrant. J'ai compris que tu ne reviendrais plus jamais me houspiller en cuisine.

Tu ne m'as jamais appris une recette. Ou plutôt jamais au sens où on l'enseigne à l'école. Ni fiche, ni quantité, ni leçon, il a fallu que je les maraude à l'œil et à l'oreille. Quand tu me disais : « Mets du sel », je te demandais : « Du sel comment ? Combien ? » Tu levais les yeux au ciel, mes questions t'agaçaient. Tu prenais brusquement ma main et y déposais un peu de gros sel : « Tu en mets comme ça au creux de la main pour évaluer la quantité. C'est pas compliqué quand même, avec le creux de la main, tu peux tout mesurer. » Quand tu me parlais d'une « cuillerée à soupe de farine », il fallait que je devine s'il s'agissait d'une cuillerée à soupe rase ou bombée. Je n'ai jamais pu non plus te soutirer un temps de cuisson. Tu me disais : « Tu as un couteau et des yeux, ça suffit amplement pour savoir si c'est cuit ou pas. »

Ce matin, en cuisant mes écrevisses au court-bouillon, je me suis à nouveau demandé où tu avais planqué ton cahier de recettes. Ce cahier, c'est un peu comme une bulle qui vient crever à la surface de ma mémoire. Il suffit parfois d'un rien pour qu'il surgisse en songe au-dessus de mes fourneaux. L'autre jour, je cherchais une idée de farce pour le poulet rôti quand je me suis souvenu que tu mettais parfois un petit-suisse à l'intérieur de la volaille. Une image a surgi : on est dimanche, vous êtes au lit avec maman, adossés à vos oreillers. Le cahier de recettes est posé sur ses cuisses, elle mordille son crayon. Je te sens agacé par les questions qu'elle te pose en tapotant avec malice ton bol de café : « Alors ça vient chef, cette recette de farce pour le poulet ? » Tu lèves les yeux au ciel. Tu détestes qu'on t'appelle « chef ». Tu piques du nez dans ton bol et marmonnes : « Tu fourres un petit-suisse dans le cul du poulet. »

Combien de fois me suis-je souvenu de ce geste alors que j'hésitais devant mes casseroles ? Combien de fois ai-je feuilleté en rêve ton cahier alors que j'étais seul devant mes fourneaux ? Je le revois dans les mains de maman, sa couverture en cuir derrière laquelle coule le flot régulier d'écriture pour dire les ingrédients, les cuissons, les tours de main, les goûts. Moi qui ai toujours détesté la sauce Béchamel, j'aurais voulu l'apprendre pas à pas, couchée sur le papier, plutôt qu'en épiant tes gestes.

Au lieu de cela, tu as choisi de le faire disparaître un jour d'une de tes colères froides.

3

Cet après-midi, je suis allé chercher Lucien pour lui éviter de prendre sa mobylette. Il a vieilli avec ta maladie, et peine de plus en plus en cuisine. Il se voûte comme une baguette d'osier, lui si droit devant tes fourneaux. Je ne t'ai jamais entendu parler de lui comme de ton « second ». Tu disais « Lulu », « mon Lulu ». Lucien est un taiseux. Pourtant, cet après-midi dans la fourgonnette, il m'a demandé : « Comment il va ? » Je lui ai répondu : « C'est stationnaire. » Je n'ai pas eu le courage d'avouer que tu allais mourir ce soir. Tu es toute sa vie à Lulu, tu le sais.

Il a enfilé son tablier et chaussé ses sabots. Il a scruté longuement la mise en place des vol-au-vent. Il a vu la truffe que je voulais râper juste avant de servir. Je lui ai demandé pourquoi il souriait : « Tu te rappelles la tête du vieux quand tu avais ajouté de la truffe à son pâté en croûte ? Il avait dit que ce n'était plus sa recette, que tu avais de l'argent à jeter par les fenêtres. » Je ne t'ai jamais vu cuisiner la truffe. « Trop loin, trop chère. Et puis ça écrase tous les autres goûts », que tu répétais. Tu n'as toujours juré que par les morilles. Celles des coins à Lulu qui te les apportait par paniers entiers.

Un jour, j'ai bien cru le retrouver, ton foutu cahier de recettes. Lulu faisait la sieste dans l'arrière-cour, tu étais parti cueillir des cerises pour tes clafoutis. J'ai fouillé les sacoches accrochées à la mobylette de Lulu et j'ai découvert parmi des chiffons sales un bout de couverture en cuir. Je m'apprêtais à le sortir de la sacoche quand Lulu m'a surpris. « Qu'est-ce que tu fouilles, gamin ? » m'a-t-il demandé d'une voix dépourvue de colère. Je me suis senti rougir. Je n'imaginais pas mentir à Lulu, trop franc, trop modeste. J'ai soufflé : « J'ai cru reconnaître le cahier de recettes de papa. » Lulu m'a invité à sortir le contenu de la sacoche. Le cuir était celui d'un vieux protège-cahier contenant des pages de journal méticuleusement pliées : « Je m'en sers pour emballer le poisson quand je vais à la pêche. Et aussi les légumes et les champignons », m'a-t-il expliqué. Je suis resté les bras ballants. J'étais incapable d'expliquer à Lucien que je ne cessais de penser au cahier depuis que mon père avait tenté de le brûler dans sa cuisinière à charbon. En refermant sa sacoche, Lucien m'a dit avec douceur : « N'y songe plus, sinon le vieux va se mettre en pétard. »

Lucien t'appelle « le vieux » depuis que vous avez vingt berges et que tu étais son sergent en

Algérie. Tu n'as jamais eu besoin de lui donner un ordre en cuisine. Tu m'as toujours dit que Lulu lisait dans tes pensées quand tu scrutais les falaises à la recherche d'une grotte où auraient pu se cacher des fellaghas. Il devinait quand une sauce ne te plaisait pas, et avait toujours à portée de main un peu de beurre et de farine pour préparer un beurre manié afin de la rattraper.

Ce soir, je l'ai laissé préparer des gougères pour l'apéritif. Je n'ai pas voulu lui dire qu'il fallait laisser toute la place aux vol-au-vent. Et puis Lucien aime couver Guillaume, l'apprenti à qui il a appris sa recette. Il est étonnamment volubile avec le garçon. Il lui a montré comment mouler les gougères avec une cuillère à soupe. Ce n'est pas pour dire, mais je ne t'ai jamais connu une telle patience.

Nous avons cassé la croûte avant le service. Lucien et Guillaume ont mangé la viande qui restait sur la carcasse de la poularde. J'ai grignoté une gougère. J'avais soif de bon vin. Je suis allé à la cave et j'ai choisi un vin que tu m'avais offert, un beaune Vigne de l'Enfant Jésus. Lucien m'a longuement fixé avec son regard à la Buster Keaton. Je suis allé chercher trois beaux verres à pied. « Goûte, j'ai fait à Guillaume, c'est du bon. »

J'aurais aimé que tu nous aies vus quand nous avons dressé les vol-au-vent avec Lucien. Guillaume avait préparé des assiettes très chaudes. Nous avons disposé les viandes au centre et ajouté les quenelles et la sauce sur les côtés du feuilleté. J'ai râpé la truffe. Chloé, la jeune femme qui fait des extras en salle, n'osait pas prendre les assiettes sur le passe-plat. Je lui ai demandé si elle craignait « le chaud ». Elle m'a répondu que non, que c'était parce que mes vol-au-vent étaient trop beaux, qu'elle n'en avait jamais vu de tels, que dans les restaurants où elle avait travaillé on utilisait des feuilletés industriels et de la garniture en boîte. Je me suis souvenu de tes mots : « Ici on fait tout, ou alors ce n'est pas de la cuisine. »

À 21 h 30, j'ai laissé Lucien, Guillaume et Chloé terminer le service. Je suis monté doucement à l'hôpital. Ce soir, il y a un brouillard à couper au couteau. Je me suis assis sur un banc du parc pour fumer une cigarette. J'ai repensé à la lumière d'octobre sur les feuilles dorées quand je te promenais en fauteuil roulant. Tu m'avais engueulé parce que j'allumais une cigarette : « Arrête donc ça, tu as vu où ça m'a mené. » Je t'ai demandé pourquoi tu avais enchaîné les Gitanes sans filtre toute ta vie, de ton premier café en cuisine jusqu'à 23 heures en astiquant l'inox de ton piano. Tu as soufflé : « Ça m'a aidé à tenir. » Je savais qu'il ne fallait pas que je te questionne davantage.

Quand je suis entré dans ta chambre, je savais que c'était notre dernière soirée ensemble. Je finis de parfumer ta peau. Je tente de mettre en ordre ce qui te reste de cheveux depuis que la radiothérapie a brûlé ta tête. Je sais que tu as accepté cet ultime traitement pour moi en espérant arracher une poignée de semaines à la mort. Mais je m'en veux de t'avoir fait subir ces affreux rayons dans ce sous-sol de l'hôpital. Je touche ta bouche qui ressemble à une croûte de pain rassis. Je t'humecte les lèvres avec un peu de Vigne de l'Enfant Jésus, je m'en verse un peu dans ton verre qui est sur la table de nuit. Je te dis : « À toi papa » et je bois cul sec. Le vin brûle le creux qui s'agrandit dans mon ventre au fur et à mesure que ta respiration faiblit. Je me souviens de ma première larme de vin avec toi. Je devais avoir dix ans. Nous étions allés à Corgoloin, un dimanche matin gris de janvier. Tu avais tes habitudes chez un vigneron qui roulait les « r » de sa voix rocailleuse. Vous faisiez une dégustation au pied de chaque barrique. Le vigneron parlait beaucoup, toi, tu lâchais quelques mots après avoir fait rouler le vin dans ta bouche. On était assis sur un billot, tu avais apporté des petits chèvres très durs et une miche de ton pain. J'ai tout de suite aimé le goût du pinot noir sur le fromage qui piquait.

Sur le mur de ta chambre, l'horloge indique dix heures et demie. J'enlève mes chaussures, mon vieux pull marron col camionneur, je m'assois sur le bord de ton lit et je t'enlace. Et je dis : « Tu sais, on aurait entendu une mouche voler pendant qu'ils mangeaient leurs vol-au-vent tout à l'heure. Que le bruit des couteaux et des fourchettes et l'assiette récurée à la fin. Et tu as raison sur la truffe, c'est toujours en trop, sauf peut-être en omelette. Sans toi, ma cuisine n'aurait aucun sens, aucun goût. Tu m'as appris sans rien dire. Maintenant, tu peux partir papa. Nous avons eu une bonne vie ensemble même si cela ne se voyait pas tous les jours. Je t'aime et t'aimerai toujours. Comme j'aime et j'aimerai toujours maman. »

Ta poitrine s'affaisse dans un dernier souffle long comme un ballon de baudruche qui se dégonfle. Je t'embrasse et je remonte le drap jusqu'à ton cou. Je ferme la porte du couloir en soufflant à l'infirmière : « C'est fini. »

Dehors, le brouillard me glace jusqu'à l'os. Je me demande comment tu seras dans la terre gelée. Lucien m'attend dans la cuisine, il lit le journal sur le plan de travail. Je répète : « C'est fini », et je remplis deux verres avec le reste de la bouteille de Vigne de l'Enfant Jésus. Machinalement, j'ouvre le tiroir de la table. Comme si j'allais y trouver le cahier de recettes. Mais il n'y a qu'un paquet de mouchoirs en papier. Tu l'auras donc emporté dans ta tombe. Ce tiroir vide, c'est comme si tu venais de mourir une seconde fois.

4

C'est un dimanche matin d'hiver, je dois avoir cinq ans. Un jour ensoleillé darde à travers les persiennes. Tu as beau marcher sur la pointe des pieds, tu fais grincer l'escalier de bois en descendant dans ta cuisine. Tu allumes la cuisinière à charbon, tu cognes le grand faitout dans l'évier en le remplissant, il te faut toujours de l'eau chaude quand tu es aux fourneaux. On a beau te répéter que le chauffe-eau est là pour ça, il faut que ton eau frémisse sur la cuisinière. « Frémir, pas bouillir, tu dis. À cent degrés, ça tue tout, la flotte. » Puis il y a le bruit du moulin à café rugissant. Tu détestes les expressos du percolateur servis aux clients en salle. Il te faut ton « jus de caserne », comme tu dis. Un mélange d'arabica et de robusta qui donne un café acide au goût de brûlé. Tu en fais toujours pour un régiment dans une grande cafetière en métal. Tu la tiens au chaud sur le bord du piano jusqu'à ta dernière tasse, avant de monter te coucher. Il n'y a que toi pour boire ce café « raide comme la justice », dit Lucien en faisant infuser son thé.

Quand je sens l'odeur du café monter jusqu'à l'étage, je me lève. Je trottine jusqu'à votre chambre car je veux vérifier que maman dort encore. C'est surtout que je redoute de trouver le lit vide, qu'elle soit partie. C'est toujours une drôle de peur qui me serre la poitrine. Pourtant, la veille encore, elle m'a dit : « Je t'aime », alors que je l'agrippais, couché dans mon lit. Il faut toujours que je la presse fort contre moi avant de dormir. Maman du soir sent la crème Nivea, comme celle qu'elle m'applique sur les joues quand le froid les a brûlées. Toi, tu me lances : « Bonsoir, mon gamin », depuis votre chambre. Et hier soir, tu as ajouté : « Tu fais la brioche avec moi demain ? » J'ai crié un oui plein de rires. Maman m'a murmuré : « Tu me laisses dormir demain, petite canaille. » Ce matin, je pousse doucement la porte et j'aperçois une mèche acajou dépassant entre la couette et l'oreiller où sa tête est enfouie. Papa siffle dans sa cuisine.

J'ai toujours mon doudou, un vieil ourson en peluche dépenaillé, quand je te rejoins aux fourneaux. « Tu es déjà levé, que tu fais, feignant la surprise comme d'habitude. Mets pas ton doudou près du feu. Tu lui as déjà brûlé une oreille. T'as faim ? » Je fais non de la tête. Tu me soulèves par la taille et m'installes sur ton plan de travail. L'inox me glace les fesses à travers mon pyjama. Tu humectes ton café doucement avec la louche que tu plonges dans ton faitout. J'aime ce geste insouciant et concentré. Tu prélèves un peu de café alors que la cafetière n'est pas encore remplie et tu viens t'adosser près de moi. Tu plonges le nez dans ton mug, soufflant et aspirant en même temps. À tâtons, tu cherches ton paquet de Gitanes. Tu en sors une que tu tasses sur l'inox. Tu allumes ton Zippo en le faisant rouler sur ta cuisse et aspires une longue bouffée qui emporte tout au fond des poumons. Va savoir pourquoi, il n'y a que le contact de ta peau tiède pour me faire aimer le tabac à l'odeur fauve.

Tu écrases ta cigarette et frappes dans tes mains en commandant : « On attaque la brioche ! » Tu sors un carré de levure de la chambre froide. J'ai le droit de l'émietter dans un bol où tu as versé le lait. Je renifle le mélange, son parfum m'enivre. C'est un peu comme l'odeur de maman, aigre et douce quand il fait chaud. Tu fais tomber une pluie de farine à côté des œufs. Comme pour le sel, tu ne pèses rien. Tu jongles avec la cuillère qui te sert de jauge et avec laquelle tu goûtes. Elle est toujours à portée de ta main. Quand tu l'as plongée dans le jus de veau ou la compote de rhubarbe, tu la rinces dans un broc d'eau avec d'autres couverts que tu utilises durant le coup de feu. Tu l'essuies vivement dans ton torchon. Tu ignores l'uniforme blanc et la toque des cuisiniers. Toujours tes tabliers bleus passés sur un tee-shirt blanc et un jean, pieds nus dans tes gros sabots de cuir noir. Parfois, entre deux plats, tu bats la mesure avec ta cuillère sur la rambarde de tes fourneaux en fredonnant Sardou ou Brassens. Le dimanche, tu écoutes des cassettes en cuisine. Surtout Graeme Allwright. Tu connais par cœur les paroles de « Jusqu'à la ceinture ». Tu rugis en écarquillant les yeux : « On avait de la flotte jusqu'au cou et le vieux con a dit d'avancer. » Tu enchaînes : « Maintenant tu me fais un tas avec la farine comme si c'était du sable. » Je plonge avec délices mes mains dans la farine qui est de la soie entre mes doigts. Je glisse, je pousse sur l'inox la poudre blanche et me régale de son contact. J'aime aussi la croûte de la côte de bœuf, la pelure de l'oignon se froissant dans mes doigts, le bois du bâton de cannelle, le velours de la peau de pêche d'août.

« Et maintenant tu fais un puits au milieu de la farine. » Tes mains guident doucement les miennes avant de verser le lait et la levure. Je veux casser les œufs. « Attends un peu, on va faire autrement. » Tu poses un bol devant moi. Je dois casser l'œuf au bord mais je le massacre en mélangeant le jaune et le blanc avec la coquille. Tu souris : « C'est pas grave. » Tu prends un autre œuf et un autre bol mais tu ne jettes rien. Ni le vert des poireaux, ni la carcasse du poulet, ni la peau des oranges. Tu as l'art de transformer cela en bouillons, en poudres. « S'il pouvait, ton père recyclerait la fumée de ses Gitanes », dit Lucien. « Recommence », que tu me dis en ôtant les morceaux de coquille dans l'œuf que j'ai brisé. Je jubile quand je réussis à casser le second correctement. Tu les bats vivement avant de les incorporer à la farine. Tu te positionnes dans mon dos, je sens ta poigne sur mes mains : « Allez, maintenant, on pétrit, on pétrit. » D'abord, je m'applique, puis je ris quand mes doigts collent au mélange. Tu me grondes : « Ne fais pas n'importe quoi, il faut que la pâte devienne élastique. » Tu ajoutes le beurre en pommade, je suce mon index car j'aime le goût de noisette du beurre que l'on va chercher tous les dimanches soir à la fromagerie avec la crème, le comté, le morbier et le bleu de Gex. Tu souffles « C'est bien » en plaçant la pâte dans une bassine que tu couvres d'un linge. « Tu vas voir comment elle va doubler de volume. Allez, maintenant, on va chercher les huîtres pour maman. »

Nous habitons une petite ville où la mer est un rêve lointain. Dans la ruelle montant vers la place de la mairie, il y a une drôle de caverne que l'on dirait creusée dans la roche. La poissonnerie est un antre inquiétant pour mes cinq ans. Le taulier a la gueule effrayante de ses saint-pierre. Il renifle tout le temps et semble enrhumé, été comme hiver. On dirait qu'il grogne, des cailloux plein la bouche, en buvant son ballon de blanc qu'il sert avec une poignée de crevettes grises. Je me colle à l'aquarium où le ballet des truites m'hypnotise et m'attriste. Je pleure leur mort prochaine, un coup de matraque en bois sur le dessus de la tête. Je suis triste de la même manière quand je surprends maman seule dans votre lit, le regard tourné vers la fenêtre.

L'autre jour, elle était nue dans les draps défaits. Elle ne m'avait pas vu venir. Elle fumait une des Gitanes de papa. Elle avait l'air très loin dans la brume de sa cigarette. Je sais quand elle est dans le monde de ses livres mais là, elle me semblait être dans un ailleurs où ni papa ni moi n'avions de place. Heureusement, elle s'est retournée d'un bond quand j'ai croqué mon bonbon. Elle a remonté le drap jusqu'à ses épaules et m'a souri.

5

En rentrant, tu poses le sac d'huîtres sur le rebord de la fenêtre : « Tu as vu la pâte, elle a doublé de volume. » Je touche de l'index ce ventre gonflé qui exhale une bonne odeur de levure. Je ne comprends pas pourquoi tu la maltraites en la rompant et la repliant sur elle-même. « Tu vas voir, elle va encore pousser », promets-tu en dépliant *L'Est républicain* sur l'inox et en allumant une cigarette. Tu te penches sur les pages, main gauche et coude droit sur ton plan de travail. Je t'ai toujours connu lisant ton journal tous les matins. Je sais qu'il ne faut pas te déranger. Ce n'est pas tant le contenu qui t'importe que sa lecture. Tu déchiffres les mots comme tu goûtes ta cuisine : méticuleux et intranquille. Tu as été trop tôt au fournil pour avoir l'assurance du savoir. Pourtant, tu connais les accords, les conjugaisons, mais le crayon Bic hésite sur le papier quand tu dois rédiger un bon de commande. Tu as la curiosité réjouie des autodidactes quand tu apprends un mot, que tu découvres un nouveau monde à la télévision avec moi sur les genoux. Tu aimes « Cinq colonnes à la une » et Frédéric Rossif racontant la vie des animaux. Mais tu sembles honteux quand tu contemples maman qui corrige les copies de ses élèves. Un jour, tu as ouvert un Lagarde et Michard et tu l'as refermé vivement comme si tu étais pris en faute. Maman a souri et t'a soufflé : « Il n'allait pas te manger, ce livre. » Beaucoup plus tard, tu m'as raconté les villages en Algérie où personne ne savait ni lire ni écrire.

Maman est professeur de lettres au lycée. Tu lui dis tout le temps : « Tu es ma bourgeoise intello », et ça l'énerve. Tu ne lui as pas parlé ainsi quand tu l'as vue la première fois. C'était un jour de septembre, pluie et feuilles mouillées. Elle a poussé la porte, les yeux piqués par la fumée de cigarette. Nicole ne l'avait pas remarquée alors qu'elle préparait une tournée de Picon bière. C'est Lucien qui a tiré la manche de son chemisier en remontant de la cave. Nicole s'est agacée, il la dérangeait dans son « menu ouvrier ». « C'est pour manger ? Un couvert ? » Maman a hoché la tête, intimidée. Nicole a parcouru la salle remplie de tablées d'habitués. Chez toi, chacun avait sa place, presque son rond de serviette. Ça ne se faisait pas de placer une étrangère n'importe où. Nicole a hésité puis demandé : « Si je vous débarrasse la petite table près de la fenêtre, ça vous va ? » Maman a dit oui en esquissant un sourire. Nicole a ôté les plantes grasses et les vieux magazines de la table, déplié une nappe en papier et posé une assiette et des couverts. Maman s'est installée et n'a pas osé dire que, un menu entier, cela faisait beaucoup pour elle. Elle n'a pas touché au pichet de vin mais elle a finalement tout mangé de bon appétit. Il y avait une salade de betterave et de mâche, un rôti pommes boulangères et une tarte aux pommes.

Elle est revenue le lendemain et les jours suivants. Toujours à la même place, un bouquin posé devant son assiette. Cela intriguait beaucoup Nicole que l'on puisse lire en mangeant. Des clients se sont aventurés à lui proposer un apéritif, un café, mais elle a toujours refusé poliment avec un bref sourire. Un jour, tu as passé une tête à travers le passe-plat sur cette drôle de mangeuse solitaire. Tu as souri. Rien de plus. La première fois que vous vous êtes parlé, c'était un vendredi. Tu avais cuisiné du merlu avec des pommes de terre sautées. Coupées en carrés et menées à grand feu dans une poêle en tôle pressée du Val-d'Ajol. Tu étais en train de les secouer vivement quand Nicole t'a crié : « La petite dame toute seule demande si elle pourrait avoir un supplément de pommes de terre. » Tu as rempli copieusement une assiette parsemée de ciboulette et l'as portée toi-même en salle. Ma mère a vu d'abord ton doigt déformé et tes yeux bleus. Tu as dit :

– Henri, pour vous servir.

Elle a ri :

– Mais il y en a trois fois trop.

Tu as haussé les épaules avec une pointe d'ironie :

– Mademoiselle ?

– Hélène.

– Chez moi, mademoiselle Hélène, on aime beaucoup ou pas du tout.

Il paraît que c'est par ces mots que tu as séduit maman.

Je te regarde enfourner la brioche dans la gueule noire de ton fourneau. C'est pareil quand tu ouvres le four pour arroser les poulets avec ta cuillère à tout faire. Pour moi, tu es le maître du feu ; un magicien quand tu fais gonfler la brioche ; un perceur de coffre-fort quand tu ouvres les huîtres ; un roi mage quand tu fouettes la crème Chantilly et que tu fais fondre pour moi du chocolat noir. La cuisine embaume la brioche qui dore et l'orange pressée. C'est la saison des sanguines. Tu les pèles à vif et me laisses placer les tranches sur une assiette. Tu ajoutes quelques gouttes d'eau de fleur d'oranger. Tu dis que ça te rappelle l'Algérie.

Je monte un verre de jus d'orange à maman. Elle a ouvert les rideaux, remonté les oreillers et lit un gros livre derrière ses lunettes en écaille. Maman lit tout le temps. Il y a des piles de bouquins et de revues à son chevet et un pot rempli de crayons de papier. Parfois, elle prend des notes dans les livres, ça me fascine que l'on puisse écrire sur du texte imprimé. « Tu bois du jus d'orange avec moi ? » Je dis non. J'attends la brioche avec la chantilly et le chocolat.

Tu cherches les yeux de maman quand elle se remet à lire en grignotant une part de brioche. Tu caresses le dos de son gros bouquin. Tu prends un ton faussement naïf :

– C'est qui Simone de Beauvoir ?

– Une écrivaine

– Ça se dit « écrivaine » ?

– Bien sûr et on pourrait aussi dire une « cheffe » avec deux « f » et un « e » en cuisine.

Tu éclates de rire et la provoques :

– C'est pas demain la veille. Je voudrais déjà la voir le matin monter le charbon pour démarrer les fourneaux.

– Tu sais que ça existe, les cuisinières au gaz et à l'électricité ?

– Rien ne vaut le charbon pour mijoter. Va enlever son charbon à mon Lulu, il en mourrait, dis-tu en retirant ses lunettes d'écaille à maman.

– Tu fais quoi ? qu'elle te demande.

– À ton avis ?

Maman retient ses lunettes en te fixant d'un air sombre. Tu insistes en la prenant par le cou. Elle secoue la tête pour se dégager. Tu souris doucement, embarrassé :

– C'est dimanche.

– Oui et alors ? répond sèchement maman.

Je n'aime pas son : « Et alors ? » Elle tourne une page et se remet à lire. Tu te lèves et soupires légèrement :

– Et alors rien.

Tu repars dans ta cuisine. Moi aussi, seul avec maman, j'ai l'impression d'être de trop dans cette chambre.

6

Il n'y a pas si longtemps, lorsque tu retirais les lunettes de maman et te rapprochais de ses lèvres, elle détournait sa bouche amusée. Elle voulait prolonger ton impatience : « Et si on fumait une clope ? » Tu t'emparais de ton paquet de Gitanes sur la table de nuit et te tournais vers moi : « Tu vas jouer dans ta chambre, mon petit gars. » Je t'obéissais comme un brave soldat alors que tu refermais la porte sur vous deux.

Il n'y a pas si longtemps, nous étions heureux. Tous les étés, Lulu et toi prépariez une paella géante au feu de bois dans l'arrière-cour du restaurant. C'était une odyssée avec cette montagne de riz, de moules, de calamars, de chorizo, de lapin, de poulet mijotant sur un feu savamment entretenu par Lucien. J'avais le droit d'ajouter quelques brindilles dans les braises. Dans la cuisine, il y avait une photo de moi à trois ans, assis dans la poêle à paella avec Lulu et toi tenant les poignées. Maman n'aimait pas ce genre de blague. Elle avait crié très fort le jour où tu l'avais fait venir en cuisine et avais soulevé le couvercle du faitout où tu m'avais caché.

Maman te demandait tous les dimanches de commander un grand plateau de service mais tu t'entêtais à poser ta poêle à paella sur le lit. « C'est notre déjeuner sur l'herbe », rigolais-tu en dressant les huîtres, la salade d'oranges et la brioche tiède. Nous n'avions pas le droit de nous servir. C'est toi qui préparais nos assiettes. Les huîtres disposées en étoile pour maman avec du pain complet beurré, et une grosse tranche de brioche nappée de chocolat chaud et de chantilly pour moi. Tous les dimanches, on avait droit aussi au « cinéma ». Tu faisais mine d'avoir oublié quelque chose et tu dévalais l'escalier. Maman me faisait un clin d'œil en portant une huître grasse à sa bouche. Je picorais mon petit dôme de chantilly pour qu'il dure plus longtemps. On t'entendait remonter sans hâte l'escalier, il y avait quelque chose de réjoui dans ton pas. Tu apparaissais avec un vase bleu contenant trois brins de forsythia en fleur et une flûte de champagne dans la main droite. Maman te souriait en secouant la tête. Tu lui soufflais : « Pour ma princesse », et parfois tu ajoutais encore plus bas : « Ma bourgeoise pute ». Maman fronçait les sourcils : « Tais-toi. »

J'ai toujours en tête l'image de vous deux lors de ces « déjeuners sur l'herbe du dimanche ». Maman est assise en tailleur sur le lit, elle boit son champagne à petites gorgées, entre deux huîtres. Tu as gardé ton tablier, ton mug de café sur les genoux, le dos calé contre un oreiller. Tu grignotes une tranche d'orange, allumes une cigarette. Je crois que je ne t'ai jamais vu t'attabler pour prendre tes repas. D'ailleurs, peut-on parler de repas quand tu sauçais un reste de bourguignon à même la cocotte, que tu raclais une croûte de comté avec ton couteau d'office ? L'été, tu croquais une tomate avec juste une pointe de sel ; l'hiver, tu effeuillais une endive que tu trempais dans la vinaigrette. Parfois, après le service, Lucien préparait pour vous deux une omelette avec le reste d'un bouquet de ciboulette, partageait une dernière part de tarte. Il paraît qu'en Algérie, vous faisiez pareil, mangeant ensemble un pain d'orge trempé dans l'huile d'olive, quelques amandes, plutôt que la popote du régiment et les rations de combat. Quand maman te disait que tu te nourrissais mal, tu lui répondais que tu avais « toujours eu l'habitude de manger avec les chevaux de bois », que les cuisiniers faisaient ainsi, que, ce que tu aimais, c'était cuisiner pour les autres, pas pour toi.

J'ai mis du temps à comprendre que tu faisais tout pour que maman ne touche pas une casserole. Il faut dire que, dans le petit appartement au-dessus du restaurant, il n'y avait pas de cuisine. Tes fourneaux étaient ton royaume où maman n'avait pas sa place. Elle s'y aventurait rarement, mal à l'aise, perdue quand il s'agissait de trouver le sucre ou de réclamer un peu de compote pour moi. Le reste du temps, nos repas étaient sur le passe-plat et nous nous installions à la petite table, près de la fenêtre où maman avait ses habitudes. Nous ne mangions jamais le menu du jour. Tu te faisais un devoir de préparer « quelque chose de spécial ». Maman raffolait des rognons de veau. Tu les préparais à la perfection, juste rosés comme elle les aimait, déglacés au porto, liés au fond de veau, à la crème et à la moutarde. Pour moi, tu panais de fines escalopes dans la chapelure croustillante. Tu t'inquiétais : « C'est bon ? » Maman et moi, on faisait oui, la bouche pleine comme deux gamins. Mais, au fond de moi, je me disais que tu ne lui accordais pas le droit de cuisiner.

À notre dernier déjeuner sur l'herbe, maman t'a fait un cadeau. C'est peut-être depuis ce fichu cadeau que rien ne va plus comme avant. Elle a sorti sur le lit un épais carnet de notes qu'elle a posé devant toi. Relié dans un beau cuir fauve ; son papier couleur ivoire est doux au toucher. Un ruban rouge marque les pages. Tu es intrigué : « C'est pour ton travail ? » Maman t'a regardé avec cette tendresse un peu lasse qui accompagnait souvent vos incompréhensions : « C'est pour écrire tes recettes. – Écrire ? » que tu as répété plusieurs fois en haussant le ton. Pour toi, elle n'avait rien compris à ce foutu métier. Oui, tu étais devenu cuisinier. Tu régalais ton monde, le Relais fleuri tournait comme une horloge. Tu aurais pu agrandir, faire des banquets, des mariages… Mais c'était ignorer ta foutue vie qui t'avait conduit à faire ce choix entre deux trains. Auparavant, tu avais été mitron et sergent, mais, au fond, tu étais convaincu que tu n'avais rien décidé, que tout cela c'était le destin, le « mektoub », comme on disait de l'autre côté de la Méditerranée. Quand tu te joignais aux discussions de comptoir, tu répétais souvent : « Il faut bien bouffer. » Tu étais devenu cuisinier pour croûter. Mais peut-être aurais-tu aimé être officier de marine marchande ? Médecin ? Ingénieur des Eaux et Forêts ? Un jour, tu pris la défense d'un garçon de la ZUP devenu braqueur. On parlait de son procès dans le journal. Pour toi, c'était « parce qu'il était du mauvais côté de la ville, pas chez les bourgeois », qu'il était monté au braquage. Tu avais eu cette phrase qui avait laissé le zinc silencieux :

– À conneries égales dans la vie, je préfère un braqueur à un rentier.

– Tu ne peux pas dire ça, Henri, avait soufflé un client.

Tu lui avais répondu froidement :

– Et pourquoi donc, je ne peux pas ?

Dans les films, tu préférais les salopards, les samouraïs, les déserteurs aux héros jolis cœurs. Je me souviens, du jour où je t'avais fait découvrir De Niro dans *Taxi Driver.* Tu m'avais dit : « Ça aurait pu être moi, si je n'étais pas rentré d'Algérie avec Lulu. »

Personne ne pouvait comprendre la rage résignée qu'il y avait dans ton « Il faut bien bouffer ». Pas même ma mère. Agrégée de lettres modernes, en train de reprendre sa thèse sur Crébillon fils. Alors, un cahier de recettes ? Pourquoi pas une étoile au Michelin. Pire encore, maman t'avait expliqué qu'elle prendrait tes recettes sous ta dictée.

– Et tu vas écrire comme je parle ?

Elle t'avait pris par le cou pour t'embrasser.

– Tu es folle !

– Non, je t'aime.

Au début, tu as joué le jeu. Un dimanche après-midi, après que vous m'aviez envoyé jouer dans ma chambre, je vous avais rejoints sur le lit défait. Maman notait ta recette de poulet de Bresse. Elle utilisait un crayon à papier avec une gomme afin de pouvoir effacer quand tu hésitais.

– Il faut faire friller les morceaux de poulet dans une grande poêle.

– Friller ? avait demandé maman.

– Dorer quoi ! t'étais-tu exclamé avec une pointe d'ironie qui semblait dire : « C'est agrégée de français et ça ne sait pas ce que veut dire *friller.* »

Vous aviez ri et j'étais rassuré. Ce cahier de recettes, c'était peut-être une bonne idée.

Mais, à chaque dictée, vous vous disputiez davantage. Maman écrivait comme pour faire un vrai livre, et les livres t'effrayaient, surtout pour la cuisine. Ils t'éloignaient de maman. Tu ne te reconnaissais pas dans ses mots compliqués. L'intuition, le goût te semblaient avoir disparu des recettes écrites. Tu soupçonnais maman de t'éloigner des fourneaux en t'installant dans un statut social qui n'était pas le tien. Tu sentais confusément qu'elle t'avait offert ce cahier afin que tu entres dans son monde, celui de la lecture et de l'écriture. De plus en plus souvent, quand tu étais seul en cuisine, tôt le matin et tard le soir, tu te disais que maman ne t'aimait plus.

7

On est samedi, c'est le jour du fromage de tête. Je veux le faire avec toi et Lucien. Ce matin, Lulu est arrivé plus tôt que d'habitude car vous devez aller chercher une tête de cochon chez le tripier. J'ai entendu la mobylette de Lulu. Sa « bleue », comme il dit, avec laquelle il vient travailler tous les jours. Vingt kilomètres aller au petit matin et vingt kilomètres retour, souvent à la nuit noire. Qu'il pleuve, qu'il neige ou qu'il vente. J'ai le droit de fouiller les sacoches en cuir de la « bleue », béquillée dans l'arrière-cour. Dans celle de droite, il y a un torchon de cuisine plein de cambouis, une clé à molette, un tournevis et une pompe à vélo avec laquelle je joue. Dans celle de gauche, il y a un sac de toile de jute que Lulu remplit au gré des saisons de mousserons, de girolles et de trompettes-de-la-mort.

Dans tes récits, Lucien et toi êtes rentrés ensemble d'Algérie. Après le bateau qui vous a ramenés à Marseille, vous êtes montés gare Saint-Charles. Lucien a consulté les horaires de son train et t'a demandé où tu allais. Tu lui as répondu : « N'importe où, pourvu qu'il y ait une place de boulanger et un lit près du fournil. » Lulu t'a suggéré de venir avec lui. Tu connaissais bien sa région mais tu ne lui en avais jamais parlé. Vous aviez une correspondance dans une petite ville de l'Est. Tu as proposé d'y boire une bière, il faisait très chaud. Vous êtes sortis de la gare et avez vu un café-restaurant ouvert avec une terrasse envahie de géraniums. Vous vous êtes assis à une table. Vous avez commandé deux demis à une femme sans âge, que ses jambes faisaient souffrir. C'est là que tu as vu le panneau « À vendre ». Tu as bu ta bière à petites gorgées. En tendant un billet pour régler, tu as demandé à la femme :

– Vous êtes la propriétaire ?

Elle a confirmé.

– Vous en voulez combien ?

– C'est à négocier avec mon mari. Il doit rentrer lundi de l'hôpital.

Tu t'es retourné vers Lulu.

– T'en es ?

Il t'a répondu oui et ajouté :

– Mais je n'ai jamais empoigné une queue de casserole.

Tu lui as répondu :

– C'est pas grave, tu ne savais pas te servir d'une mitrailleuse.

Avant de prendre l'autorail, vous vous êtes retournés sur la façade du bistrot. Tu as dit :

– On l'appellera le Relais fleuri. Ça te va ?

Lulu a répondu :

– Avec toi, tout me va.

Le lundi suivant, l'affaire était conclue.

Le fromage de tête est plus qu'une recette pour toi. C'est ta façon d'être en cuisine. Partir de rien, un quignon rassis, un reste de viande. Tu cuisines des plats qui sembleraient immangeables aujourd'hui, comme la tétine de vache panée. Quand on débarque à la triperie du marché couvert, la tête de porc est une chimère effrayante pour moi. Lulu me fait peur en disant que les cochons peuvent manger les enfants, que les bandits les utilisent pour faire disparaître leurs ennemis. Le tripier rigole et te fait un clin d'œil : « Tu m'achètes le magasin aujourd'hui ? » Il me tend un morceau de cervelas de ses doigts qui sentent le sang. Je cherche ta main comme chaque fois que je ne suis pas tranquille. Mais tu es trop occupé pour t'intéresser à moi. Tu jubiles devant l'étal. Il te faut un mètre de hampe pour tes steaks, le plat du samedi que tu fais uniquement ce jour-là. Il faut voir les clients tremper leurs frites dans le jus ensorcelant. La cuillère gratte les sucs de viande au fond de la poêle. J'y trempe un morceau de pain vieux.

Tu veux tout : du pied de veau pour la gelée du fromage de tête, des pieds de porc que tu serviras avec une vinaigrette et des tranches d'oignon blanc. Les rognons de veau bien sûr ; des andouillettes que tu fais gratiner mais aussi de la langue de bœuf que tu prépares avec une sauce tomate et des cornichons. Tu te retournes vers Lulu : « Et si on mettait une petite salade de gras double au menu ? » Lulu approuve. Lulu dit toujours oui. Le tripier rassemble tes paquets : « Il te faut autre chose ? » Tu te résignes à en rester là mais il coupe minutieusement avec le plat de son couteau une épaisse tranche de foie de veau. « Tiens, ce sera pour vous à midi », dit-il en ajoutant un sac de grattons. J'adore les grattons.

J'ai l'impression d'être dans un film de guerre quand je vous regarde faire avec Lulu. C'est un peu comme une veillée d'armes tant vous avez l'air organisés. Vous avez affûté vos couteaux pointus avec le fusil. Lucien est allé chercher dans le garde-manger de quoi faire un bon bouillon : carottes, oignons, échalotes et une touffe de persil. Il épluche les légumes tandis que tu laves soigneusement la tête de porc à l'eau froide. Il y a quelque chose de recueilli dans tes gestes. Un jour, je t'ai demandé : « Tu as peur de lui faire mal ? » Tu as paru étonné. Tu es resté silencieux puis tu m'as souri doucement : « Le respect pour les animaux, c'est important. Morts et vivants. Plus encore quand on les cuisine. » Adolescent, tes mots me sont revenus quand j'ai appris que, dans son village, Lucien faisait la toilette des défunts avant leur mise en bière. Je n'ai pas osé lui demander alors je t'ai questionné sur les raisons qui peuvent amener un homme à laver les morts. C'était un jour où tu étais mal luné. Tu as grogné : « Lucien, il n'a jamais eu peur de la faucheuse et de ses dégâts. » Il y a quelques semaines, un jour qu'on revenait de l'hôpital, Lucien m'a dit dans l'auto : « Tu sais, on en a vu là-bas, en Algérie. »

Lucien me hisse au-dessus du fourneau pour que je contemple la tête de cochon dans l'énorme chaudron. Il ajoute les oignons piqués de clous de girofle, deux pieds de veau, du thym, du laurier, du poivre, de la muscade et du gros sel. Tu débouches une bouteille de vin que tu verses dans le chaudron. C'est du blanc que fait Lucien. Il a quelques rangs de chardonnay mais aussi du noah, un cépage interdit depuis les années trente. Le noah, c'est l'un des secrets de la pôchouse que tu réserves à quelques privilégiés. On vient de Lyon, de Strasbourg et même de Paris pour déguster ta matelote de poissons d'eau douce. Dès l'ouverture de la pêche, Lucien prend sa « bleue » et te ravitaille en brochets, perches, anguilles, tanches. Parfois, le poisson frétille encore dans ses sacoches quand il arrive au restaurant. Il ouvre son sac, caresse les écailles et les nageoires au milieu des herbes. Pas peu fier, il sort d'un autre sac un brochet qui fait la longueur de son bras. « Un sacré bec, dis-tu. Celui-là, on va le faire au beurre blanc. » C'est moi qui frotte avec une gousse d'ail les rondelles de pain grillé qui accompagnent la pôchouse.

Avec Lulu vous sirotez un verre de chardonnay. Le fromage de tête murmure dans son chaudron. De temps en temps, vous prenez l'écumoire pour retirer les impuretés à la surface du bouillon. Vous épluchez des bintjes pour les frites. Tu fronces les sourcils : « Va demander à ta mère si elle mange ici ce midi. » Je n'aime pas quand tu parles ainsi de maman. Elle est devenue une étrangère en ces murs. Tu ne sais pas comment t'adresser à elle désormais.

Maman ne mange presque plus au restaurant. Le midi, je reste à la cantine tandis qu'elle déjeune avec ses collègues. Le soir, tu poses un plateau-repas sur une marche de l'escalier. Elle le montera à l'étage. Nous dînons tous les deux devant la télé. Vous ne faites que vous croiser. Tu es dans ta cuisine de 7 heures à 23 heures. Vous ne vous parlez plus sauf quand il s'agit de mon travail à l'école, de mes doigts que je fourre tout le temps dans ma bouche, des cahiers sur lesquels j'ai du mal à écrire.

Derrière la cloison séparant nos chambres, je vous écoute causer, toi et maman. Il n'y a pas de cris ni de larmes. Juste des voix monotones et des silences résignés. Dans l'obscurité, souvent, tu te lèves. Tes pieds nus font grincer le parquet. Tu refermes doucement la porte de votre chambre, enfiles tes sabots qui claquent. Je me souviens : une nuit que j'ai mal aux dents, je t'entends dans l'escalier. Je décide de te rejoindre pour que tu me soignes. J'entre sur la pointe des pieds dans la cuisine. Je te découvre couché tout habillé sur le lit picot où Lucien a l'habitude de faire la sieste à la coupure du service ou quand il fait vraiment trop mauvais pour rentrer à mobylette. Tu dors ramassé en boule, j'ai peur de te réveiller. Je monte sur un tabouret pour atteindre l'étagère des épices. Je suis en train d'ouvrir un bocal quand tu te réveilles et chuchotes :

– Mais qu'est-ce que tu fais ?

Je gémis :

– Je voulais mettre un clou de girofle sur ma dent comme tu m'as dit que ça faisait du bien, quand on a mal.

Tu as l'air désolé. Tu te lèves et me redescends à terre. Tu me dis d'ouvrir la bouche :

– C'est laquelle qui t'embête ?

Je te montre une molaire sur laquelle tu places un clou de girofle.

– Tu veux un lait chaud ?

Je me cale contre toi tandis que tu mets une casserole sur ton fourneau encore tiède. Tu allumes une Gitanes et montes doucement le son de la radio où Mort Shuman chante « Le lac Majeur ». J'ai l'impression d'avoir toujours vécu ainsi avec toi. Je te demande si moi aussi, j'ai « le droit de ne pas dormir la nuit ».

– Non, souris-tu.

– Pourquoi toi alors ?

– Parce que je reste un boulanger, même si aujourd'hui je fais la cuisine. Et les boulangers, ils travaillent la nuit. Quand j'ai appris à faire du pain, j'embauchais à 2 heures du matin.

Je sais qu'il y a de la vérité dans ce que tu me racontes. La vérité de cette jeunesse que tu as toujours évoquée en pointillé. Mais ton passé de boulanger te sert aussi à dissimuler ton existence d'aujourd'hui. Tu ne fais plus le pain toutes les nuits, tu ne dors plus avec maman toutes les nuits. J'ai fini mon lait.

– Il faut remonter te coucher, me dis-tu. Je mets mes bras autour de ton cou.

– Et toi ? je demande.

– Je vais rester ici et prendre de l'avance sur mes desserts, me réponds-tu.

Je croise maman dans l'escalier. Elle a relevé ses cheveux en chignon au-dessus du col de son imperméable Burberry. Le bruit de ses talons sur les marches couvre sa question : « Tu viens avec moi à

Dijon ? » Je lui dis que je préfère rester avec toi et Lucien pour faire le fromage de tête. Elle ne répond rien. Mais si, dans ces moments-là, elle surprend mon regard, je me sens comme un poisson rouge tournant en rond dans un bocal. L'autre jour que je peinais sur une table de multiplication, elle m'a dit sèchement : « C'est pourtant simple. » Un océan nous séparait alors que nous étions assis au même bureau.

De la salle à manger du restaurant, je peux voir maman sur le quai de la gare attendant l'omnibus pour Dijon. Elle a noué sagement son foulard autour de son cou pour se protéger de la bise. J'ai une boule dans la gorge à la voir partir ainsi. Papa m'appelle : « Viens manger tes frites et ton foie de veau. » Il sait bien que j'observe maman derrière la porte vitrée. Il me chope par le col : « C'est comme ça que tu nous aides pour le fromage de tête ? Il y a encore du boulot mon gars, tu sais. »

J'entends la micheline rugir en quittant la gare. Quand elle part ainsi le samedi, je pense un court instant que maman ne reviendra pas. Alors je galope vers sa chambre et me jette sur son oreiller pour humer son parfum. C'est sûr, elle sera rentrée ce soir. Il y aura un livre, un nouveau pantalon pour moi. Elle voudra que je l'essaie. Je serai heureux.

8

Lulu est en train de couper le foie de veau en morceaux, tu ajoutes les frites bouillantes. Je veux « Du jus ! Du jus ! » Tu me réponds avec l'une de tes expressions favorites : « Minute, papillon ! » On mange tous les trois sur le plan de travail, moi assis sur le tabouret, entre vous deux debout. On est bien entre hommes. Nicole vient d'arriver pour le service. Elle est allée chez la coiffeuse. Elle a « refait sa couleur ». Elle ne veut pas manger. Tu lances : « C'est parce qu'elle ne veut pas grossir. – Taisez-vous méchant homme », dit-elle en dressant ses tables.

Le samedi, il n'y a pas de menu au Relais fleuri. Juste la hampe-frites que tu prépares à la commande, ce qui te laisse le temps de causer avec les mangeurs, qui ne sont pas ceux de la semaine. Les employés, les chauffeurs, les maçons laissent la place au chaland bigarré du marché qui se mélange à l'heure de l'aligoté, de la Meteor et du

Pontarlier-Anis. Il y a du bourgeois gourmet qui vient d'acheter son carré d'agneau et son brillat-savarin du dimanche ; de la concierge bavarde comme une pie dont le pot-au-feu va embaumer la cage d'escalier ; du retraité qui jardine pour un régiment et vient au marché vendre trois têtes d'ail et deux choux d'hiver ; des militants de la Ligue communiste révolutionnaire et de Lutte ouvrière qui s'emplâtrent sur le grand soir ; des cheminots entre deux trains qui refont la vie du rail. Tu l'aimes, ce petit monde qui n'a pas de montre le samedi. L'apéro est interminable, Nicole peste contre les retardataires accrochés au comptoir. Elle les menace de pénurie de steak pour les faire s'attabler. Mais il y a toujours du rab de frites pour les étudiants fauchés. Tu n'as jamais été riche mais tu n'as jamais compté pour ceux sans le sou.

De ton enfance passée sous silence, tu ne m'as rapporté que les histoires des autres. Comme celle du colporteur qui avait toujours son assiette à table quand il s'arrêtait dans votre maisonnette, perdue entre la voie ferrée et la forêt. Il avait un balluchon qu'il ouvrait sur le sol de la cuisine. Ta mère lui achetait plus qu'elle n'avait besoin pour qu'il ne crève pas de faim. De pauvres breloques, une image pieuse, ajoutées aux pierres à briquet et au coton à repriser. Quand la neige blanchissait le crépuscule, ton père le faisait coucher dans la paille et le foin de la grange. Un jour, le colporteur t'a offert un drôle de fruit sec et rouge, dont il t'a dit qu'il venait d'Afrique. Tu as croqué dedans et tu t'es mis à courir, le feu à la bouche. Tout le monde riait de ta découverte du piment, une mésaventure que tu me racontais souvent quand tu ciselais une pointe d'Espelette dans la farce d'une terrine. Tous les deux, nous avons toujours aimé la rudesse du piment. Je t'ai fait découvrir « mon antidépresseur », comme j'appelle mes tartines de harissa avec un filet d'huile d'olive et une gousse d'ail écrasée.

Lucien soulève le couvercle du fromage de tête, tu y plantes doucement la pointe d'un couteau. Tu fais : « C'est bon », les yeux plissés. Sortir la tête de cochon du chaudron tient du spectacle. Elle est entourée de chaleur et de vapeur. Vous la disposez sur l'épais morceau d'épicéa qui fait office de planche à découper pour les grosses pièces – tu as toujours aimé les essences de chez nous pour faire des instruments de cuisine, tu aimes le buis qui fait les queues de casserole et les roulettes à découper les beignets. Tu humes le parfum de genévrier du manche de ton couteau qui désosse la tête pendant que Lucien filtre le bouillon, le laisse réduire et y ajoute le persil. Tu ne perds pas une miette de viande que tu racles jusqu'à l'os. Tu ne laisses à personne le soin de la découper en fines lanières. Le crâne de la bête apparaît, ivoire et luisant. Je suis hypnotisé par cette face monstrueuse. Un jour, quand je serai plus grand, Lucien la mettra à blanchir avec des cristaux de soude. J'irai à école avec mon crâne de cochon immaculé pour la leçon de choses. Puis le maître le rangera au-dessus de l'armoire des curiosités à côté d'une ammonite fossile.

Tu allumes une cigarette tandis que la viande mijote dans le bouillon épaissi. Lucien aligne saladiers, bols et verrines sur la table en inox. Tu t'empares de la louche et les remplis de fromage de tête. Lucien met un bocal à refroidir sur le bord de la fenêtre de la cuisine. Vous l'entamerez ce soir et tu diras comme d'habitude : « Pas mal, mais on aurait pu l'assaisonner un peu plus. » Tu n'es jamais content.

Aujourd'hui, il y a quelque chose en plus. Tu es préoccupé, tu penses à maman qui est à Dijon.

– Tu vas partir en vacances chez Gaby, me dis-tu.

– Le frère de Lulu ?

Je ne l'ai jamais rencontré, mais qu'est-ce que j'ai entendu parler de lui ! La panique me gagne.

– Pourquoi ?

– C'est comme ça. Ne bronche pas, dis-tu. Tout se passera très bien.

C'est la première fois que je vais quitter la maison. Je me réjouis d'aller chez Gaby mais j'ai peur de ne jamais vous retrouver ensemble, maman et toi.

9

Ce sont les plus belles vacances de ma vie. Gaby vit avec Maria, « belle comme un ange », ainsi que le dit Lulu. Elle a des yeux bleus tout ronds, on dirait des boutons de bottine. Maria fait une soupe à la betterave que je déteste. Je me console avec son gâteau au miel. Maria est russe, parfois elle parle le français avec des cailloux dans la bouche, comme le poissonnier.

L'histoire de Gaby, je la connaissais avant d'arriver chez lui. Gaby a fait la guerre contre les Allemands. Il a d'abord « pris le maquis » dans le Haut-Doubs. Puis, il a rejoint les goumiers marocains, les « tabors », comme on dit dans le village avec un mélange de crainte et d'admiration. Gaby ne parle jamais de sa guerre, ce sont les autres qui la racontent. Dans son portefeuille, Lucien a une photo de son frangin assis sur une Jeep surmontée d'une mitrailleuse. Quand il la sort, il dit : « Tu vois, mon frère a fait la guerre avec les Arabes, moi contre, va comprendre. »

Un jour, je l'ai écouté te raconter – ce ne devait pas être la première fois – comment Gaby avait connu Maria. Un soir qu'il est en Allemagne, les tabors bivouaquent dans un village. Gabriel cherche du bois pour le feu quand il découvre dans une grange une jeune fille terrorisée grelottant dans la paille. Du haut de son mètre quatre-vingt-dix, Gaby a le physique d'un paysan habitué à faire danser les bottes de paille au bout de sa fourche. Maria tremble devant ce gars effrayant avec sa peau de mouton sale recouvrant sa veste de combat. Il s'approche, lui parle, elle ne le comprend pas. Il s'accroupit à la hauteur de cette ombre aux lèvres gercées. Gaby ôte doucement sa peau de mouton, il la lui tend alors qu'elle gémit de peur. Il recule, mime les gestes de celui qui va revenir. Quand il lui rapporte de la nourriture et une couverture, ses yeux de poupée le scrutent avec étonnement. Il ouvre le carton de la ration américaine K. Il lui tend une barre de chocolat et des crackers qu'elle grignote. Puis, Gaby entreprend de faire un feu pour la réchauffer. Dans son dos, deux gars se tiennent à la porte et disent en rigolant qu'« il va se payer du bon temps ». Il leur dit d'aller se « faire foutre ». Gaby veille toute la nuit sur Maria trop effrayée pour trouver le sommeil. De temps en temps, il alimente le feu en lui faisant signe de dormir. Mais c'est lui qui finit par piquer du nez à l'aube, son fusil entre les genoux.

La légende colportée par Lucien veut que Maria et Gaby ne se soient plus jamais quittés depuis cette nuit-là. On a tordu du nez quand on l'a vu revenir de la guerre avec cette fille qui parlait une langue inconnue et venait de chez les communistes. On a dit qu'elle avait été déportée pour servir de chair à bordel dans les usines allemandes. Après avoir publié les bans de leur mariage, Gaby est entré dans le café du village. Avant de payer une tournée générale, il s'est adossé au zinc et a prévenu : « Le prochain qui dit encore une saloperie sur Maria, je lui ferai appeler sa mère à l'aide tellement il aura mal. » Personne n'a moufté.

Dès le premier jour des vacances, j'aime à la folie Maria et Gaby. Quand Maria me prend dans ses bras, elle sent la violette, pas un parfum compliqué comme maman. Je la regarde découper dans le journal les patrons de ses robes à fleurs. Elle écoute les émissions de Ménie Grégoire à la radio en cousant à la machine et sourit quand l'animatrice parle de sexe. Gaby et Maria n'arrêtent pas de se cajoler, même en ma présence. On dirait qu'ils sont tout le temps collés l'un à l'autre. Même quand Gaby bûcheronne dans la forêt, on dirait qu'il est près d'elle. La maison, il l'a construite pour Maria, en rondins de Douglas pour rappeler les isbas de sa Russie natale.

« C'est la maison de ma poupée », dit-il au milieu des innombrables broderies de sa femme. Gaby et Maria n'ont pas d'enfants. Ils ont un nombre incalculable de chats qui s'appellent tous Kochka, « chat » en russe. Leur maison sent le bois et les confitures. J'aime beaucoup celle aux mûres. Maria connaît tous les baies et les champignons de la forêt. Elle fait des infusions de toutes sortes de plantes, comme les feuilles de ronce avec un peu de miel quand j'ai mal à la gorge. J'ai souvent un bobo quelque part pour que Maria s'occupe de moi.

Leur maison est constituée d'une pièce à vivre en forme de L. Ils y mangent et y dorment. Dans le pied du L, il y a leur lit derrière un épais rideau grenat. J'ai ma chambre, minuscule, occupée par un gros matelas bourré de feuilles de maïs et une étagère où Maria range ses conserves. Au plafond, il y a des cordons de champignons séchés avec lesquels elle cuisine ses pelmenis. Je raffole vite de ces raviolis russes qu'elle m'apprend à confectionner. Je plie en forme de demi-lune les disques de pâte remplis de farce avant de les plonger délicatement dans l'eau bouillante. Je vais cueillir dans le jardin des brins d'aneth que l'on mélange avec de la crème pour les accompagner. Un soir, Maria me raconte que l'on peut farcir les pelmenis avec de la viande d'ours. Ils ont ri à ma mine dégoûtée. Gaby a ajouté que, enfant, il mangeait des oiseaux grillés au feu de bois et qu'il s'était même nourri de renard au maquis. « Mais on doit le laisser geler dehors avant de le préparer », avait-il précisé.

Maria et Gaby ont des poules, des lapins et un jardin. Avec ce qu'ils trouvent dans la nature, j'ai l'impression qu'ils se suffisent à eux-mêmes. Quand le boulanger passe avec son camion deux fois par semaine, ils achètent des pains fendus, de la farine, du sucre et du café. Maria aime beaucoup le café, qu'elle boit très sucré. Quand quelqu'un vient chez eux, à toute heure, elle dit : « On va faire café. » C'est elle qui le prépare et le porte au lit à Gaby. J'ai le droit de m'asseoir entre eux à ce moment-là. On regarde le soleil oranger la ligne sombre de la forêt. Quand il monte au-dessus des frondaisons, Gaby décrète : « On se lève, mauvaise troupe ! »

Gabriel se décrit comme bûcheron anarchiste, ce qui, dans ma vision de gamin, se résume à deux choses : il ne sort jamais de chez lui sans sa tronçonneuse et il chante toujours « La chanson de Craonne » au volant de sa 4L. Il a fait la guerre mais déteste en vrac les militaires, les curés, les politiques et les flics. Il tolère les gendarmes parce qu'un soir où Lucien s'est salement amoché à la gnôle, ils l'ont sorti du fossé et ramené chez sa mère. J'aime m'asseoir dans la 4L de Gaby parce que je m'imagine partant pour la guerre. La bagnole sent l'essence, l'huile de moteur et le bois fraîchement coupé. Il y a aussi des serpes, des haches, un merlin et des coins pour fendre les bûches et des limes pour affûter les chaînes de tronçonneuse. Mais ce qui évoque le plus la guerre pour moi, c'est l'amoncellement de vieilles hardes kaki sur la banquette arrière : des treillis, des rangers, des chapeaux de brousse et des vestes M43. Je demande à Gaby : « C'est comment que ça se passe à la guerre ? » Il se gratte l'occiput : « Quatre-vingt-dix pour cent du temps tu t'emmerdes et les dix pour cent restants, c'est la merde, la grosse merde. » Il donne un grand coup de volant pour quitter la route et s'engager dans une sommière. Je tressaute sur le siège de la 4L. Nous nous arrêtons juste avant une ornière profonde remplie par un orage.

« Tu vas voir, c'est une belle coupe où je t'emmène », dit Gaby. Ça sent le chèvrefeuille mouillé et la mousse mangeant les souches. Nous foulons une étendue d'herbe à matelas pour atteindre une clairière où les rais du soleil inondent les bouleaux. Gaby a déjà abattu et débité plusieurs arbres. Il pose sa tronçonneuse, la remplit d'essence et affûte la chaîne. Parfois, il s'interrompt et m'invente des phrases aussi absurdes qu'imaginaires. « Bakounine disait qu'un homme ne doit jamais se séparer de deux choses, et en prendre le plus grand soin : sa bite et sa tronçonneuse. » Puis, il secoue la tête en levant les yeux au ciel et s'exclame : « Mon Dieu qui n'existe pas, qu'est-ce que je peux dire comme conneries. Tu le répéteras pas à tes parents, hein ? »

De son frère, Lucien dit qu'il n'a jamais pu faire quelque chose sans raconter des bêtises. Il paraît que, même à la guerre, il faisait rire les Allemands avant de leur tirer dessus. Gaby a une conception bien particulière du travail : il ne faut pas que cela en soit pour qu'il le fasse. Un jour que l'on cassait la croûte, il m'a expliqué : « Dès qu'un boulot m'emmerde, j'en trouve un autre. Je ne veux surtout pas avoir de chef, évidemment. En amour, c'était la même chose : dès que je trouvais le temps long avec une femme, je me cassais. Maria, tu comprends, c'est pas pareil : même lui faire du petit bois pour la cuisinière me réjouit et j'adore qu'elle soit la patronne. Quand je la regarde broder, tricoter ses machins, j'ai toujours l'impression que c'est la première fois. Tu verras, toi aussi, quand tu t'amuseras de toutes petites choses avec une femme, ce sera la bonne. » Quand il ne fait pas le bûcheron, Gaby donne un coup de main pour la moisson, les foins. Il tue le cochon et fait le boudin. « Mais il se fait payer quand il lui tombe un œil », rigole son frère. Gaby n'a jamais fait les papiers pour la Sécurité sociale et la retraite, « ces attrape-sous inventés par les maîtres de forges pour soumettre l'ouvrier », qu'il dit. En cas de besoin, il paie le médecin et le pharmacien en stères de bois, en poulets et en morilles séchées.

Gaby aime par-dessus tout sa forêt « où il n'y a ni Dieu ni maître ». Quand il démarre sa tronçonneuse, je suis encore en train de faire des allers-retours à la 4L pour apporter les outils. Je m'invente des coups de froid pour revêtir la veste M43 qui m'arrive aux genoux. Je démarre le feu. C'est sacré, le feu, quand on est au bois. Gaby m'indique un endroit, où je rassemble des brindilles et des écorces. Je dispose une pyramide de bûchettes que lèchent les premières flammes. Gaby me surveille du coin de l'œil. « Le charge pas trop, ton feu, sinon il va crever. » Aujourd'hui, il abat du taillis, de jeunes arbres trop serrés. « Ça fera de la corde, les boulangers aiment bien ce bois-là pour démarrer leurs fours », m'explique-t-il. Il aligne une première rangée de rondins sur les feuilles mortes et me demande de poursuivre l'empilage. Parfois, il me reprend : « Fais attention, il ne va pas droit ton tas de bois, il risque de se casser la gueule. » Gaby n'est pas comme mon père : il ne perd jamais patience, il ne hausse pas le ton quand je ne comprends pas. Je voudrais qu'il soit mon maître d'école, avec lui j'ai envie d'apprendre. Le nom des arbres, des plantes, des insectes. Même le calcul et la géométrie me paraissent simples quand il me les explique avec des bûchettes de noisetier.

Entre le feu et les tas de bois, j'ai l'impression de ne jamais avoir un instant à moi. Je m'efforce de travailler vite pour épater Gaby. J'ai chaud, j'enlève la veste. Il se retourne : « Va doucement, il n'y a pas le feu. » Avec lui, il n'y a jamais de coup de feu comme en cuisine mais, à la différence de mon père et Lucien, il est souvent seul. « C'est ce que je préfère, dit-il. J'ai déjà du mal à me supporter moi-même, alors, les autres… Et puis, il y a plein de monde en forêt. » Gaby m'intrigue quand il parle ainsi. Lucien m'a dit qu'il causait aux arbres, et qu'un jour, une portée de renardeaux s'était couchée sur sa veste M43 tandis que leur mère les observait. J'ai su qu'il était un drôle de sorcier protecteur en allant cueillir du houx avec lui. Nous avons suivi un raidillon jusqu'à un plateau de fougères et de bruyères où il y avait une cabane de chasse soigneusement entretenue. La porte n'était pas fermée. Il faisait sombre, avec une forte odeur de tabac froid et de pastis. Il y avait une table, deux bancs, une cuisinière à bois et un buffet de cuisine. Gaby a ouvert un tiroir en mettant son doigt devant sa bouche. « Viens voir », qu'il m'a fait. Dans la pénombre, j'ai découvert cinq bébés loirs en train d'hiberner dans le tiroir où Gaby avait placé de la paille et un torchon déchiré. J'allais les toucher quand il a retenu ma main. « Fous-leur la paix, sinon tu vas les réveiller et ils vont crever », m'a-t-il murmuré. Il dit « mourir » pour les humains, « crever » pour les animaux, mais ne ferait pas de mal à une mouche.

Quand un creux s'agrandit dans mon estomac alors que je termine un tas de bois, Gaby me regarde avec malice. « C'est que tu as gagné le droit de manger », s'exclame-t-il en posant sa tronçonneuse. D'abord, il sort de sa musette une poignée de pommes de terre. Il les place sous les braises. Il me demande d'aller couper deux branches bien droites dont je taille l'extrémité en pointe. Il embroche du lard, des cuisses de lapin, des ailes de poulet, ou du poisson, des bouffis, ces harengs saurs fumés qui sont pour moi des poissons d'or et d'argent. J'aime humer la fumée qui se dégage du feu sous ces fuseaux marins. Je me régale de leurs filets gras et chauds qui beurrent la chair des pommes de terre, faisant une purée à laquelle on ajoute un peu d'oignon sauvage. Le bouffi donne soif. Gaby noie du vin clairet dans l'eau de mon verre. J'ai l'impression d'être son frère d'armes, on aurait pu combattre ensemble dans les Vosges ou les Ardennes. Je tente de l'imiter quand il mange des lichettes de pain avec son couteau. Il m'affirme que, le hareng, c'est la nourriture des mineurs, des ouvriers, des anarchistes. Il faudra que je te l'explique quand tu prépareras ta terrine. Gaby bourre sa pipe de Scaferlati. « Tu veux essayer ? » qu'il me fait un jour. Avec lui, rien n'est interdit mais tout se respecte. « C'est ça l'anarchie », dit Gaby en me tendant son brûle-gueule. L'anarchie me fait affreusement tousser. « C'est bon signe », décrète-t-il.

L'après-midi où mes parents doivent venir me chercher, Maria m'a fait beau comme un sou neuf. Elle a lavé et plié mon linge dans ma petite valise de carton bouilli. Il y a aussi un sac avec des confitures et l'herbier que j'ai confectionné durant les vacances. Maria m'a appris à sécher les plantes entre deux buvards. Gaby tente de me faire sourire en me disant que je sens encore le hareng. Il me dit qu'aux prochaines vacances, il m'apprendra à me servir de la tronçonneuse. Mais j'ai la boule au ventre. Je vais faire un tour dans le jardin. Je caresse un chat étalé entre deux rangs de haricots quand j'entends le bruit de la voiture. Je n'ai pas envie d'aller les accueillir. Les pas de mon père se rapprochent, je contemple le bout de ses espadrilles noires. Je lève la tête, aveuglé par le soleil, il me prend la main pour m'aider à me relever. Il m'embrasse rapidement, il a une barbe de quelques jours parsemée de poils blancs. Je m'écarte et aperçois derrière lui Nicole chuchotant avec Maria. « Et maman ? » Mon père me serre les épaules. Il y a un silence qui semble durer un siècle. Une question sort de ma bouche sans que ma tête l'ait pensée : « Elle est morte ? » Il se reprend après un long soupir. « Mais non, mais non, que dis-tu ! » Je panique dans les larmes qui embuent mon regard. Je n'entends pas la réponse de mon père ; alors je crie : « Partie jusqu'à quand ? » Mais j'ai compris, déjà, que c'était pour toujours.

Deuxième partie

1

Quand je me réveille, je me dis qu'elle est peut-être encore là, qu'il me suffit de traverser le couloir pour pousser la porte de sa chambre. Souvent, d'ailleurs, je fais ce rêve. Je pénètre dans l'obscurité, je cherche le bout de son lit, je remonte le bord du matelas et m'agenouille dans son dos. Je caresse ses cheveux lourds. J'y dépose un baiser. Elle souffle dans son oreiller : « Tu es là, mon chéri. » Elle se retourne, bouillante de sommeil, et m'enlace en murmurant : « Fais-moi un câlin. » Je remonte mes jambes contre mon ventre et me balance. Elle me baisote le dos en répétant : « C'est mon petit garçon adoré. »

Un jour blanc glisse à travers les persiennes. Nous nous taisons, maman se rendort, elle ronfle par à-coups. Je m'attarde sur le grain de beauté de sa main droite. Je l'aime, ce confetti égaré sur sa peau mate. Parfois, quand elle corrige des copies, il est entouré de taches d'encre rouge. Elle a aussi une bosse sur la phalange du majeur. « C'est la marque du stylo », précise-t-elle. Pour mon père, « c'est la bosse du savoir ». Ma mère se réveille brusquement, farfouille sur la table de nuit pour retrouver sa montre. « Il est 7 heures, *hurry up*, mon chéri. » J'aime quand elle me cause anglais, j'ai l'impression d'être dans *Chapeau melon et bottes de cuir*. Elle m'a promis : « Un jour, nous irons à Londres. »

C'est le pas dans la chambre là-bas qui me tire de ce rêve. Un pas las, celui de Nicole. Elle dit souvent qu'elle a mal aux jambes. C'est à cause de ses varices, et de rester debout quinze heures par jour au restaurant. Quand elle masse les veines violettes de ses chevilles, j'oublie sa beauté mature, les boucles savantes de ses cheveux qu'elle a platine en ce moment. Quand elle fume ses Royale menthol derrière sa caisse enregistreuse, galbée dans une jupe droite, les hommes en oublient leurs galopins de bière. D'elle, Lucien dit qu'« elle ferait charger un régiment de hussards, sabre au clair ». Elle tacle les malotrus avec des répliques qui font le bonheur des piliers de comptoir. L'autre jour qu'elle lavait les verres, un homme lui a dit : « Alors, ça mousse, cocotte ? » Elle a dégainé aussitôt : « Pas assez pour raser un grand con comme toi. » Le gars a piqué du nez dans sa Suze.

Pour étouffer la douleur, je sors ton cahier de recettes. Je l'ai récupéré dans le tiroir de la table de nuit de maman avant que Nicole s'installe dans votre chambre. Je le feuillette souvent sous les draps. Pas tant pour lire les recettes que pour retrouver maman à travers son écriture. Je m'attarde sur chacune des lettres, imaginant le grain de beauté sur son doigt alors qu'elle tient son crayon. Elle a une façon bien à elle de former les « e ». Elle les termine par un trait qui se jette dans le vide au lieu de s'arrondir. « C'est mon côté rebelle », m'avait-elle dit en riant. Elle m'avait demandé si je savais ce qu'était un rebelle, et comme j'hésitais, elle avait suggéré Zorro, Robin des Bois, quelqu'un qui aidait les pauvres, agissait seul sans faire le malin. « Comme papa », avais-je affirmé. Elle avait souri.

Quand tu m'as annoncé que maman était partie, tu as ajouté simplement : « Ça n'allait plus entre nous. C'est Nicole qui va s'occuper de toi. Avec moi. » Nicole occupe désormais votre chambre car tu couches en bas et ne veux pas que je dorme seul à l'étage.

Il n'y a plus aucune trace de maman dans cette maison. Plus de livres, plus d'habits à elle dans la penderie, plus de montre et de crème Nivea sur la table de nuit. Même son odeur a disparu. Parfois, je m'entête à vouloir la retrouver sur un oreiller. Mais, à la place, il y a le parfum écœurant de la laque de Nicole. Dans la salle de bains, elle a posé son vanity rempli de produits de beauté. Nicole se maquille beaucoup. Surtout quand elle sort le samedi soir. Toi, mon père, tu dis qu'elle « découche » jusqu'au lundi matin. Tu ne supportes pas « son jules ». André, dit Dédé. Beau parleur et belle gueule dans son costume prince-de-galles. Il met du Pento dans ses cheveux couleur de jais coiffés en arrière quand il vient chercher Nicole le samedi soir. Il l'attend assis au bar, où il est le seul à boire du whisky. « Et que du Chivas », commande-t-il. Il se rengorge devant les autres buveurs, à qui il promet le tiercé dans l'ordre. Il a toujours une affaire à proposer. « Une BMW qui n'a presque pas roulé » ; « Des costards comme chez Smalto » ; « Du montrachet à prix cassé ». Il offre des tournées au comptoir que Nicole paie. Quand il t'aperçoit à travers le passe-plat, il jure qu'il ne mangera jamais ici parce que « c'est de la cuisine de bougnoule » et que, de toute façon, il a ses habitudes au restaurant du Parc, « une étoile au Michelin ». Tu ne supportes tellement pas sa présence que tu dis à Nicole de partir, que tu finiras la salle et le bar. À Lucien, tu répètes que tu « fumerais bien ce julot casse-croûte » qui passe taper des sous dans la semaine à Nicole. Elle sait que tu le détestes, mais « c'est mon Dédé », soupire-t-elle.

Lucien tire le rideau de fer de la façade en disant : « À lundi. » Tu finis d'essuyer les verres. Je regarde l'émission « Top à Johnny Hallyday » à la télévision suspendue près du bar. Tu m'apportes un Orangina et des cacahuètes. Tu lances : « C'est samedi soir », mais ta voix sonne faux. Nous retrouver ainsi tous les deux jusqu'au lundi te pèse. Tu as beau siffloter en briquant ton fourneau, tu transpires la tristesse par tous tes pores. Je compte les instants où tu n'as pas une cigarette à la main ou se consumant dans un coin de la cuisine. Tes cheveux ont blanchi, tes mains sont fripées depuis que maman ne les masse plus avec la crème. Tu ne parles jamais d'elle. C'est comme si elle n'avait jamais existé. Pourtant, je sais qu'elle est partout dans cette maison. Tu ne montes plus jamais à l'étage, tu t'en remets à Nicole pour le ménage et le rangement là-haut. L'autre jour, tu l'as engueulée quand elle m'a appelé Juju comme maman. « Il a un prénom, c'est Julien. » Tu ne veux plus jamais faire de brioche, ni de salade d'oranges à l'eau de fleur d'oranger. Tu n'achètes plus d'huîtres.

Le dimanche est un jour compliqué pour nous deux mais nous nous raccrochons à nos rites. Nous sommes comme des funambules sur le fil de la vie sans maman. En équilibre instable, risquant à tout moment de sombrer dans la tristesse. Avant d'aller me coucher, je te surprends traversant la salle à manger pour te planter devant la fenêtre et la table où maman venait déjeuner seule. Depuis qu'elle est partie, plus personne n'y mange et Nicole se garde bien de la napper. C'est devenu un carré fleuri de plantes, un monument silencieux.

Le dimanche, tu me réveilles à 9 heures avec le pain aux raisins que tu es allé chercher avec *L'Est républicain*. Je déjeune à la cuisine puis j'y fais mes devoirs, tu lis le journal près de moi en buvant ton broc de café. Tu commences toujours par les avis de décès, les faits divers puis la page locale. Parfois, tu relèves la tête : « Ça veut dire quoi *obsolète* ? » Je cours à l'étage chercher le dictionnaire et je reviens te donner la définition. Tu veux que je m'applique en lisant, tu me demandes de relire. Tu fais : « Ah bon, c'est pas bête ça. » C'est ton expression à toi quand tu apprends quelque chose. Avec maman, tu n'avais pas besoin du dictionnaire pour connaître le sens d'un mot mais tu n'osais pas lui demander. Tu veux que l'on engrange du savoir ensemble, depuis qu'elle n'est plus là.

À 11 h 30, nous sortons acheter un poulet et des chips chez le boucher de la Grand-Rue. En face, chez le pâtissier, je choisis un éclair au chocolat et toi un paris-brest. Nous redescendons vers la vieille ville, traversons le canal, longeons le champ de foire puis une allée de peupliers qui se perd au bord de la rivière. Il n'y a personne sur la rive en pente douce où nous nous installons. Midi sonne à la collégiale, tu décapsules une canette de bière pour toi et un Orangina pour moi.

J'ai vécu avec toi des dimanches par tous les temps dans ce bout de solitude. À mordre dans une cuisse de poulet, à grignoter des chips. Ni la pluie ni le froid ne nous arrêtaient. Tu sors de ta musette (c'est la même que Gaby) ton petit transistor que tu règles sur Europe 1 puis tu montes ma canne à pêche en bambou, un minuscule morceau de poulet faisant office d'appât. Toi, tu pêches au lancer et à la cuillère. Je n'ai pas souvenir que nous ayons attrapé grand-chose ensemble. Mais peu importe. Le dimanche on est tous les deux près des peupliers frissonnants. À la radio, Michel Delpech chante « Pour un flirt », moi je préfère Kool and The Gang. Parfois, tu me regardes de la tête aux pieds, comme si tu ne m'avais pas vu de la semaine. Puis tes yeux reviennent sur le fil de ta canne, tu râles gentiment : « T'as vu l'état de ton jean. Il va falloir en changer. » J'aime quand tu m'engueules. C'est que tu t'intéresses à moi.

Je compte les heures égrenées par la collégiale. Je décrète qu'avant la prochaine, je te demanderai pourquoi maman est partie sans me dire au revoir. Je suis orphelin de ses explications qui me rassuraient. Elle-même disait qu'il y avait une raison à tout. La Terre tourne autour du Soleil ; les femelles mammifères portent des mamelles ; les Alliés ont vaincu les Allemands en 1945 ; les feuilles tombent à l'automne. Alors je veux savoir. Je tente de revenir sur les images de notre vie passée mais je bloque sur la brioche du dimanche, ton sourire réjoui quand on la pétrissait ensemble, quand tu installais sur le lit la poêle à paella, que tu servais à maman ses huîtres et son champagne. Ma tête s'embrouille quand je cherche les mots qui vous fâchaient derrière la cloison de la chambre. Je n'arrive pas à retrouver la couleur du foulard de maman quand elle attendait le train pour Dijon. Je me promets qu'à 14 heures je te demanderai pourquoi elle est partie. Cette question me vrille le ventre. Il me faut un geste magique pour me conforter : je sors ma ligne de l'eau et me pique la pulpe du pouce avec l'hameçon. Une goutte de sang perle. C'est le prix du sang, comme dans les aventures que j'imagine après avoir lu « Rahan, le fils des âges farouches » dans *Pif Gadget*. Tu fronces les sourcils : « Tu saignes ? » Je bredouille : « C'est rien, l'hameçon a accroché mon pouce. » Deux heures sonnent au clocher et je ne t'ai pas posé ma question. Je la range jusqu'à la prochaine goutte de sang.

Aucune touche au bout de ma ligne. Je suis à peine levé que tu t'inquiètes : « Tu vas où ? » Tu sais bien que je vais jusqu'à la gravière mais une autre réponse me brûle les lèvres. Je braille : « Qu'est-ce que ça peut te foutre, tu n'es pas ma mère ! » Je voudrais te voir encore refermer la porte de la chambre sur toi et maman, après m'en avoir chassé, comme avant.

2

La bise me glace le bas du dos tandis que je me penche sur les cailloux pour ramasser un morceau de bois. J'ai toujours détesté le vent du nord, surtout dans notre Est à nous. Il est une morne plainte sur ce glacis de plaines, de lacs et de forêts piétiné par l'Histoire.

Je te montre un morceau de bois lissé par les eaux. Il a la forme d'une canne. Tu proposes de l'affiner avec ton Opinel. La lame court avec souplesse en faisant de minuscules copeaux. Ton habileté me fascine.

– Tu as appris comment ?

Tu souris.

– J'ai appris en regardant les bergers quand je gardais les moutons. On fabriquait des sifflets en sureau, des stylets pour tremper dans l'encre et dessiner.

Tu me tends mon bout de bois chantourné.

– Tu vas en faire quoi ?

– Je sais pas, je vais le mettre avec les autres dans ma chambre.

– Et si on s'en servait en cuisine ?

– En cuisine ?

– Pour faire les cheminées dans les tourtes et les pâtés en croûte.

– C'est vrai ?

– Ben oui, pourquoi je te le dirais sinon ?

Je finis les chips alors que tu démontes nos cannes à pêche. Je n'aime pas ce moment du départ qui me rappelle l'école du lendemain, la semaine à venir. Toi collé à tes fourneaux, Nicole en salle, il n'y a pas de place pour l'imprévu. Je voudrais que notre vie ressemble aux westerns. Tu serais éclaireur en pays comanche, chasseur de primes, chercheur d'or, trappeur... Nous chevaucherions dans l'inconnu, à la conquête de l'Ouest. Il y aurait des embuscades dans les collines, des duels dans le désert, des tempêtes de neige dans le Grand Nord. Mon cheval serait bicolore, petit et nerveux ; j'aurais un chien que j'appellerais Croc-Blanc et qui ressemblerait à un loup. Nous mangerions des haricots à la tomate autour du feu, où tu dormirais tout habillé, ton chapeau baissé sur ton visage. Tu aurais des santiags comme le motard qui vient de temps en temps au bar. Tu aurais une Winchester à crosse et canon sciés comme Josh Randall dans *Au nom de la loi*. D'ailleurs, tu ressembles un peu à Steve McQueen, tu en as le regard. Mais tu t'énerves vite. Une livraison en retard, une assiette froide et tu râles. Surtout depuis le départ de maman.

Nous allons à la fromagerie, comme tous les dimanches soir. Toi, tu dis le « chalet » à propos de cette ferme perdue sur un plateau de noisetiers et de sapins. La radio ronronne une ennuyeuse émission politique que tu n'écoutes pas, il te faut seulement un bruit de fond. La route monte en lacets. J'aime le crépuscule. Dans un restaurant, le soir n'est jamais immobile, on s'active jusqu'à point d'heure, il y a toujours un bout de terrine ou de chèvre pour discuter passé minuit. Je hume l'odeur lactique du « chalet ». Été comme hiver, j'ai les pieds gelés sur le sol de granit. Pendant que tu fais tes achats, je me penche sur la cuve en cuivre où l'on fabrique les fromages. Il y a aussi ce drôle d'outil, mi-râteau, mi-balai, dont les fils d'acier servent à trancher le lait coagulé pour le transformer en morceaux de la taille d'un grain de maïs qui deviendront des meules, des tomes que je vais flairer dans la cave. Dans ce clair-obscur, je caresse des croûtes, humides, salées, parcheminées. Tu désignes un rondin tavelé dont la surface part en poussière quand le fromager la frotte. « Regarde de près », dis-tu. J'aperçois des points. « Ces sont des araignées qui font la croûte de la tome. » Un jour, le fromager m'a mis sous le nez un sac à l'odeur épouvantable : c'est la caillette séchée d'un veau de lait, cette partie de l'estomac qui fait cailler le lait. J'oublie ma tristesse, je vois que toi aussi.

Il est 19 heures, c'est le moment des crêpes. C'est moi qui prépare la pâte. Sans recette, évidemment. Tu te contentes de mesurer le lait, la farine et de faire fondre du beurre. Je prépare moi-même mon matériel : un saladier et un fouet plus petit que le tien. Je sais maintenant casser correctement les œufs dans la farine. Puis j'ajoute progressivement le mélange lait-beurre. Et je fouette de toutes mes forces comme si le sort du monde en dépendait. Tu m'arrêtes : « Pas si vite, soigne ton mouvement, fais-le plus régulier sinon tu en mets partout. » Mine de rien, quand tu n'es pas dans ton coup de feu du midi ou du soir, tu es plus patient. Le fourneau ronfle, tu le redémarres dès le dimanche soir car tu détestes le retrouver froid le lundi matin. Je cogne la poêle à crêpe sur la fonte. « Gamin, on ne tape jamais rien sur le fourneau. C'est manquer de respect aux outils. » Chez nous, on ne fait jamais sauter les crêpes, ça « c'est pour les Mickey de la Chandeleur ». J'apprends à les retourner avec la spatule. Elles finissent en mouchoirs un peu brûlés et déchirés. « Mais c'est le métier qui rentre. Allez, on recommence… »

Nous avons fait un « wagon » de crêpes car on en mangera lundi. Je m'apprête à en engloutir une avec la confiture de mûres de Maria quand tu m'annonces : « Attends, je vais te montrer un truc. » Tu prends un poêlon dans lequel tu verses en pluie du sucre en poudre qui fond ; ça sent le caramel, tu retires le poêlon du feu et ajoutes du beurre puis de la crème. Tu étales ce mélange sur une crêpe, dans laquelle je mords à pleines dents. « Elle est pas bonne, ma sauce caramel ? »

Pour quelques secondes, j'ai l'impression que rien n'a changé. Que tu es heureux comme avant. J'allume la télévision, l'image met quelques instants à apparaître. Je t'annonce le titre du film : *L'Homme aux colts d'or*. Je fais le tour de l'assiette avec mon doigt et suce la sauce. Tu te sers une pression. Tu t'assois à côté de moi, un peu de mousse sur la lèvre supérieure. « Et toi, tu ne goûtes pas ? » Tu fais non de la tête en buvant une gorgée.

3

Par la fenêtre, un vent tiède charrie les senteurs de l'été indien. Il y a le parfum des feuilles de platane mordorées par octobre. Je déteste cette odeur d'automne qui signifie la rentrée des classes. Je déteste le mauve des colchiques sur la berge de la rivière où nous pêchons le dimanche. Je déteste ta voix monotone quand tu me dis « Bonne journée » en épluchant tes oignons. Je déteste le pantalon de velours vert que m'a choisi Nicole, l'odeur fade de la craie alors que je viens de monter sur l'estrade. Je contemple les lettres à demi effacées sur le tableau. J'ai tout le poids de la classe dans mon dos douloureux.

« Alors, Julien, vous êtes muet ? » Sa voix me fait l'effet d'un coup de maillet sur la nuque. Je manque de heurter le tableau. Il en est toujours ainsi quand Mme Ducros s'adresse à moi. Elle est la surprise cauchemardesque de cette rentrée, la nouvelle maîtresse de CM2.

« Alors, ça vient Julien ? » Elle regarde encore sa montre. Je crois que je préférerais me jeter dans le vide plutôt que de prononcer un son. Je sors le cahier de recettes.

Mes doigts glissent sur la couverture en cuir. Mme Ducros nous a demandé d'écrire une histoire et de la lire au tableau. Le premier de la classe à la crinière d'or a raconté ses vacances en Italie, en camping-car avec ses parents. Il a parlé des Romains, d'un volcan, de la mer où il avait plongé. Autant dire que, pour moi, il est allé sur la Lune. Je passe juste après lui. Après l'Italie, je parle de mousse au chocolat. J'aurais pu raconter nos dimanches, le poulet, la pêche, le fromage au chalet. Mais j'aurais eu peur que les autres nous volent le peu de notre vie. J'ouvre le cahier de recettes à la page marquée par le signet, je respire un grand coup pour couvrir les gargouillements de mon ventre, je saute dans le vide. J'improvise.

Surtout m'accrocher à une image, ma mère léchant avec son doigt le saladier où tu as fait fondre le chocolat. J'en veux. Elle fait non de la tête en souriant puis tartine mes lèvres avec son index. Toi, tu dis : « Stop maintenant, sinon il n'y en aura plus assez pour la mousse. » Tu fais voltiger ton cul-de-poule en montant les blancs en neige. Ils sont si fermes que ton fouet tient debout. Je raconte ça à haute voix en mimant tes gestes. Tout comme je décris la crème épaisse que tu incorpores à la mousse.

C'est ton petit secret à toi, qui fait demander aux clients pourquoi ta mousse est si onctueuse. Tu souris mais ne dis rien, même aux plus fidèles. J'explique que certains viennent au Relais fleuri rien que pour tes pommes sautées et ta mousse au chocolat. Au dessert, Nicole pose le saladier en bout de table, chacun se sert à sa guise. Je répète ta phrase favorite : « La cuisine, c'est de la générosité. » Avec ta mousse, tu ajoutes des tuiles aux amandes larges comme ma main et que l'on trempe dans le café.

Je referme le cahier de recettes. Je m'entends souffler :

– Voilà.

La chaleur du poêle à bois rend le silence encore plus épais.

– Alors ? fait la maîtresse.

Je sens la gêne de mes camarades.

– Ça donne faim, tente l'un d'eux.

Mme Ducros le fusille du regard.

– Mais ce n'est absolument pas le sujet. C'est une recette, pas une histoire.

Elle martèle :

– J'ai demandé un devoir de français, pas de cuisine.

Je suis incapable de lui répondre. Pourtant, je voudrais lui hurler que c'est toute ton histoire, la cuisine, que je préfère mille fois les gestes que tu m'apprends aux rogatons de savoir qu'elle nous jette en classe. Je voudrais expliquer que, dans chacun de tes gestes, il y a une épopée. Leur dire comment le manche et la lame de ton couteau ont pris la forme de ton savoir-faire. Comment tu pétris un morceau de beurre avec un peu de farine pour « rattraper », comme tu dis, une sauce un peu trop liquide. Comment tu sais la chaleur exacte de la plaque du fourneau rien qu'en l'effleurant avec la paume de ta main. Comment tu flaires une côte de bœuf pour en évaluer la maturité.

– Et la rédaction de ton histoire ?

Mes mains tremblent sur le cahier quand Mme Ducros s'en empare. Elle l'ouvre à la page de la mousse au chocolat.

– Mais tu n'as rien rédigé. Il y a juste une recette. Et encore, ce n'est pas ton écriture.

Elle referme le cahier et le jette. Elle se délecte.

– Donne-moi ton cahier du jour.

Elle écrit nerveusement et lance :

– C'est à faire lire et signer par ton père.

Je gamberge sur le chemin du Relais fleuri. Je me presse, m'arrête, recule. Je fais des gestes magiques : je touche le sol pour me convaincre que le monde n'est pas en train de s'écrouler. Un coup, je me dis que je vais rentrer en trombe dans la cuisine et tout avouer en brandissant le cahier. Je te raconterai comment j'ai défendu ta mousse au chocolat et ton métier de cuisinier. Sûr que tu m'approuveras. Mais cette fois, j'ai l'impression que le sol s'effondre quand je le touche. Non, je ne te dirai rien, mais il me faut ta signature sur mon cahier du jour.

Nicole me fixe du regard alors que je longe le bar. « Tu as l'air bizarre, Julien. » Elle ne me tire jamais les vers du nez, Nicole. Elle attend que je me mette « à table ». « Faute avouée à moitié pardonnée », qu'elle répète. Pas cette fois. J'ai la langue bien accrochée contre mon palais. Je monte dans ma chambre. J'enfonce ma tête dans l'oreiller, je voudrais ne plus exister. Un après-midi que maman me manquait trop, je m'étais enfermé dans le placard de ma chambre. Je voulais être dans le noir pour toujours. J'ai fini par m'y endormir. Nicole m'a découvert. Je me souviens de son effroi quand elle m'a demandé ce que je faisais ainsi caché : « Je me suicide », ai-je répondu.

C'est vrai que, depuis le départ de maman, tu me parles comme à Lucien. Je me sens comme ton commis quand tu me demandes d'éplucher les pommes de terre ou de râper le comté. Il me manque cette douceur maternelle que Nicole n'arrive pas à compenser. Elle est maladroite quand elle se veut tendre, comme si c'était un rôle qu'elle n'arrivait pas à interpréter. Avec vous, je suis embarqué dans un navire où l'enfance n'a pas sa place.

« Julien, descends prendre ton chocolat. » Nicole a posé mon bol sur le bar ainsi que des tuiles aux amandes. C'est en grignotant que mon projet se fait jour : je vais imiter ta signature en la recopiant sur les factures du classeur sous le bar. J'y apposerai un coup de tampon pour faire plus vrai.

Nicole monte se coucher, tu « avances » ton bourguignon qui sera encore meilleur réchauffé demain. Je te dis que je vais regarder la télé. Je monte le son pour que tu n'entendes pas. J'ouvre mon cahier. Sur la page de gauche, je pose une facture du Relais fleuri et sur la page de droite un bout de papier sur lequel je m'entraîne à imiter ta signature. Je me sens pousser des ailes, je n'ai pas l'impression de mentir. Je te protège contre le mépris d'une institutrice. À aucun moment, je ne redoute ta colère. Je signe mon cahier sous le paraphe de la maîtresse. Je jubile à la perspective de duper la peau de vache. Et plus encore quand j'appuie très fort le tampon encreur sur le papier. Ce soir-là, je t'embrasse avec fougue. Trop peut-être, car tu me lances : « Doucement, papillon. »

Le lendemain matin, je suis sûr de mon fait. Mes mains ne tremblent pas quand je tends mon cahier à Mme Ducros. Elle observe longuement la page, et me demande d'une voix métallique : « Pourquoi ton père a-t-il ajouté le tampon de son restaurant ? » Ses mots cognent sur mon cerveau comme une poignée de grêlons. Je fixe le tableau comme une ligne de fuite. « Pour faire plus vrai, hein ? » Il est hors de question que je desserre les dents. Je voudrais jeter du plomb fondu sur ses cheveux permanentés. Je voudrais qu'elle soit un homme. Ce serait comme dans les films d'action, coup de genou entre les jambes ; coup de boule sur son nez qui éclaterait comme une tomate et uppercut du droit sous le menton. « Tu ne réponds pas ? Comme tu voudras. » Elle s'empare du cahier et le lève : « Qui veut remettre cela au père de Julien ? » Tout le monde plonge les yeux sur son encrier. « Alors je vais désigner un volontaire… »

Hanneton marche devant moi. Il tient mon cahier des deux mains comme s'il avait peur de le laisser tomber. On l'appelle ainsi car il bourdonne plutôt qu'il ne parle sous son épais casque de cheveux roux. De temps à autre, il se retourne et me lance un regard inquiet. J'ai beau lui avoir dit que je ne lui casserais pas la gueule parce qu'il va parler à mon père, Hanneton n'est pas tranquille. Mais non, je ne l'empêcherai pas de le faire et il n'y aura pas de représailles. Parce que Hanneton est un « petit malheureux », comme dit Nicole. Il habite les « cités d'urgence », des baraquements qui puent la misère et où l'on crie beaucoup. Hanneton sent plus souvent le graillon que le savon pour la lessive. Le week-end, on le voit passer avec une carriole remplie d'un bric-à-brac ménager qu'il trouve dans les poubelles. Il quémande aux portes et tente de revendre au chiffonnier. Le samedi aussi, il fait la fin du marché pour récupérer les fruits talés et les légumes rabougris.

Hanneton entre dans le restaurant. Il marmonne quelque chose à Nicole alors que je reste sur le seuil. Elle me lance : « Qu'est-ce que tu as fait ? » J'ai plus pitié pour lui que peur pour moi. Je me dis que je suis éclaireur en Algérie, que la patrouille qui me suit compte sur mon courage. « Il a quelque chose à faire signer à papa. » Je m'étonne moi-même de ma voix calme, je ferais un bon grenadier-voltigeur. Hanneton disparaît dans la cuisine, suivi de Nicole. Elle a fermé la porte. Hanneton ressort rapidement, tête baissée. Je m'empare d'un paquet de cacahuètes dans le distributeur près du bar et le lui donne. Il bourdonne « Non ». « Si, que je fais, tout ça, c'est pas ta faute. »

Je suis seul dans la salle du restaurant. Je consulte l'horloge pour vérifier que le temps ne s'est pas arrêté. Des coups sourds me parviennent de la cuisine. Je commence à avoir peur. « Viens ici, Julien. » C'est ta voix, monocorde et tranquille. Tu es en train d'aplatir des escalopes avec ton rouleau à pâtisserie pour en faire des paupiettes. Lulu t'apporte la farce. C'est à lui que tu parles :

– Tu te rappelles quand je t'ai foutu au trou en Algérie ?

– Ouais.

– T'avais bien déconné quand même, hein ?

– Pour sûr.

– Qu'est-ce que ça t'a fait d'être au trou ?

– Rien, j'attendais que ça se passe.

– Mes supérieurs m'obligeaient à te punir mais ça ne servait à rien de te mettre en cabane, hein ?

– Peut-être, je sais pas.

Je me dis que le rouleau à pâtisserie va fracasser ma gueule d'ange. Tu le fais tourner doucement dans ta paume.

– Lave-toi les mains et viens te mettre au boulot, tout de suite.

Tu étales une escalope sur la planche à découper. Tu déposes au centre une grosse noix de farce, rabats les bords, roules l'escalope et la ficelles en croix. C'est à moi, maintenant, de faire. Ma première paupiette est ventrue et la ficelle trop lâche. La deuxième manque de farce, elle est fagotée comme une momie. À la troisième, j'ai pris de l'assurance.

– C'est plus facile de rouler son père qu'une paupiette, hein ?

Silence.

– Réponds-moi.

– Oui, papa.

– C'est quoi, cette histoire de cahier de recettes ?

– C'est celui que maman t'a donné.

C'est la première fois que je prononce ce mot, « maman », devant toi depuis que tu m'as annoncé son départ. Tu recules brusquement, allumes une Gitanes et donnes un coup de pied dans la porte menant à l'arrière-cour. Tu tapotes le chambranle en bois. « Amène-moi ce cahier. »

Je suis face à toi, la couverture en cuir sur mon chandail. « Donne. » Tu ouvres la porte du fourneau. Le charbon rougeoie, une bouffée de chaleur m'enveloppe. Tu jettes le cahier dans le foyer mais Lucien le ressort aussi vite, son poignet roussi pue le cochon grillé. Il approche lentement son visage du tien et articule : « Tu n'as pas assez déconné comme ça ? »

4

Les géraniums empourprent la terrasse du Relais fleuri. Tous les soirs, Nicole les arrose avec une carafe jaune Ricard. Elle a posé sur mon lit mes piles de vêtements et les recompte à haute voix. « Tu te changeras souvent, hein ? » Je crie oui depuis la salle de bains où je me perce un magnifique bouton devant la glace. J'en profite pour passer ma main dans mon slip et caresser les trois poils qui pointent autour de mes testicules. Ce n'est pas que j'en sois fier mais je n'en finis pas d'être intrigué par ce qui m'arrive. Personne ne me parle de mon corps en train de changer.

Je vais en colonie de vacances après d'âpres négociations. Les années précédentes, je t'aidais en cuisine en juillet et j'allais chez Maria et Gaby en août. Du plus loin que je me souvienne, je ne me rappelle pas t'avoir vu prendre des vacances. Il y a bien cette image qui me revient parfois. Celle d'une photo sur la table de nuit de maman, où nous étions tous les trois sur une plage. Mais elle a disparu. Comme le cahier de recettes, évanoui depuis que Lulu t'a empêché de le foutre au feu. À plusieurs reprises, je lui ai demandé ce qu'il était devenu. Lulu a haussé les épaules : « Qu'est-ce que j'en sais moi ? »

Le Relais fleuri reste ouvert tout l'été à cause des touristes qui s'arrêtent en gare. Quand tu fermes quelques jours, c'est pour faire des travaux. Tu m'as promis qu'en août je vous donnerai un coup de main à toi, Lucien et Gaby pour refaire la cuisine.

Il faudra à peine une heure et demie de micheline pour atteindre la vieille ferme. La cour de la gare est envahie de sacs à dos et de bicyclettes. La mienne, plus petite que les autres, est surchargée de bagages. Elle menace de basculer en arrière si je n'appuie pas fermement sur le guidon pour la maintenir à l'horizontale. J'ai eu beau t'expliquer qu'il me fallait un vélo plus grand, tu n'as rien voulu entendre.

Sur le quai numéro 1, l'autorail ronronne. C'est un Picasso beige et rouge avec sa cabine surélevée pour le conducteur. Deux cheminots nous aident à charger nos vélos. Un moniteur se présente. Il s'appelle François et possède un magnifique demi-course Peugeot argenté. Il décrit les randonnées à venir, les nuits sous la tente, les veillées autour du feu. Avec Nicole tu approuves, mais je n'écoute pas. Je me sens mal à l'aise au milieu de ce groupe. Les autres garçons se connaissent et racontent leurs séjours passés. Le chef de gare nous demande de monter dans le train. Nicole m'embrasse. Tu t'avances puis décrètes que, désormais, je suis assez grand pour que l'on se serre la main. Tu sens le pastis. De l'ivresse, je ne connais que celle des « biturins », comme tu dis, qui s'attardent au Relais fleuri dans les volutes de leurs Gauloises. Ils ne sont jamais méchants et quand ils sont trop bruyants, Nicole leur demande de « baisser le son ». Ils ont le vin, l'anisette et la bière grégaires. Depuis peu, tu t'attardes avec eux, je n'aime pas cette nouvelle habitude que tu as de boire.

Tu as fini par m'arracher un baiser alors que je suis sur le marchepied de l'autorail. Tu retournes vite sur le quai. Tu sais que je sais, pour l'alcool. Le train démarre. Tous les sièges sont occupés par des groupes de copains qui discutent entre eux. Je reste sur la plate-forme. On s'arrête souvent dans de minuscules gares de campagne. L'air sent l'herbe coupée. Je suis fasciné par le conducteur juché sur son perchoir, ses jambes pendantes font claquer les pédales qui commandent le moteur. Le Picasso mugit en atteignant le premier plateau. Des forêts de résineux ont remplacé les prairies et assombrissent l'horizon. Il fait plus frais. L'autorail s'arrête au milieu de nulle part. « Ici, c'est la Sibérie quand tu viens l'hiver », me dit François alors que je descends mon vélo. Il est originaire de Dijon. Peut-être a-t-il déjà vu ma mère ?

Nous roulons en bataillon désordonné dans le concert des grillons. On crie, on chante, on se double. François et les autres moniteurs debout sur les pédales de leurs bicyclettes tentent de mettre de l'ordre dans notre peloton mais rien n'y fait. Je découvre le plaisir d'être en meute de garçons. L'ancienne ferme où nous séjournons est une nef de pierre bardée sur les côtés de tôles ondulées mangées par la rouille. Un escalier de fer de guingois a été bricolé en issue de secours. Les fenêtres et les portes sont peintes en vert. Au rez-de-chaussée, une salle basse, comme une ancienne étable, tient lieu de réfectoire. À l'étage, une rangée de lavabos sous des hautes fenêtres conduit au dortoir où le plancher craque. Les lits se serrent entre des armoires dont certaines portes ne ferment plus. Les groupes prennent leurs quartiers sur les couvertures orange comme les camions des Ponts et Chaussées. Je me retrouve sur un lit près de la porte de l'issue de secours, soulagé d'être un peu à l'écart. Je n'ai pas envie de participer à l'assaut des armoires pour ranger mes affaires, je préfère fourrer mon sac à dos sous mon lit. Soudain, un riff de guitare électrique surgit des enceintes peintes en noir posées sur les penderies. Jimi Hendrix est parmi nous, puis Ange, Maxime Le Forestier.

La vie à la colo est un joyeux bordel. Dès le premier jour, j'explique à François que j'aide mon père dans son restaurant et que je peux cuisiner tous les jours. J'attaque fort en proposant de faire la bolognaise pour les pâtes. « C'est le plat qui dépanne », comme tu dirais quand tu as un coup de mou. François me fait les gros yeux : « Tu ne racontes pas de bêtises ? Tu es sûr de ce que tu proposes ? » Je suis trop occupé par l'épluchage des oignons pour lui répondre autrement que d'un hochement de tête. Je m'empare d'un rondin de sapin qui me sert de planche à découper. J'émince les oignons à la paysanne ; j'écrase des gousses d'ail, je coupe des carottes en petits dés. Je fais revenir le tout. François m'apporte une pile de steaks congelés. « C'est la viande hachée. » Je tords du nez car, chez toi, on fait la bolognaise avec un bon morceau de paleron de bœuf haché. Je laisse mijoter quelques minutes, j'ajoute du concentré de tomates et une boîte de tomates pelées. Je trouve du bouillon de bœuf en tablettes dans un buffet. Je le dissous dans l'eau chaude et le verse dans ma bolognaise. Je sale, je poivre. Je tends la cuillère en bois à des garçons médusés qui m'observent. « Goûtez ! » Ils plissent les yeux : « C'est vachement bon. » Je goûte à mon tour en prenant un ton docte qui fait sourire François : « Ça manque de quelque chose. » Je cherche en vain des herbes de Provence et des feuilles de laurier. Ce n'est visiblement pas une colo de gourmets. Je me souviens qu'en venant j'ai vu sur les talus du serpolet, ce thym sauvage que tu cueilles pour ton carré d'agneau. Tant pis si celui-là pousse trop près du goudron, je le rince vite fait sous le robinet et le cisèle dans ma sauce. Je goûte à nouveau. « C'est mieux », et je dis tes mots : « Maintenant, on va oublier notre bolognaise sur le feu. »

À midi, ma réputation est faite. Non seulement j'ai réussi à faire manger des carottes râpées à mes camarades grâce à une vinaigrette endiablée par l'échalote, mais tout le monde crie au rab de bolognaise. Je jubile en regardant les assiettes récurées jusqu'au dernier petit brin de spaghetti. Désormais, on m'appelle « chef », mais François ne comprend pas pourquoi je me contente d'un bout de pain avec un morceau de camembert. Je lui réponds fièrement que « les cuisiniers sont trop occupés pour se mettre à table ».

Un jour, je sèche sur une recette inscrite au menu. Il est question de poulet chasseur. Je demande l'autorisation de t'appeler. Tu es horrifié d'apprendre qu'il n'y a pas de professionnel aux fourneaux et demandes le directeur. François te répond que je régale tous les jours la colonie avec l'aide de mes camarades. Je t'entends t'énerver dans l'écouteur. Quelques minutes plus tard, tu rappelles : « Note tout ce que je vais te dire. » J'ai l'impression que le cahier de recettes ressuscite sous mes doigts. Je soutire du vin blanc aux moniteurs pour la sauce.

Mon plus grand fait d'armes, je l'accomplis lors d'une randonnée. Nous campons dans une magnifique reculée où dévale un torrent. Dans le pré où nous dressons nos tentes, je peste contre la roche qui affleure et nous empêche de planter les piquets. Mais le plus dur est à venir. Le directeur de la colo prétend que la fin du monde est proche et que nous devons apprendre à survivre avec les moyens du bord. Cela passe par la confection d'un mobilier de plein air, uniquement avec de la ficelle de lieuse, une hache, un couteau et des branches de noisetier. Les anciens de la colo sont expérimentés et fabriquent des chefs-d'œuvre de table, de banc et même d'égouttoir pour leur batterie de cuisine.

Un matin, nous sommes réveillés par des caquètements. Une flopée de poulets s'égaie parmi nos tentes. Notre mission est simple mais décisive pour nous autres, survivalistes, explique le directeur : proposer le meilleur poulet grillé à midi. Mais avant cela, il faut estourbir la bête, la plumer, la vider… Même les plus téméraires sont dubitatifs. Passe encore de courser les poulets, cela donne lieu à un désopilant mixte de corrida champêtre et de match de rugby à quinze. Mais après ? Un sanguinaire s'empare d'une hache et décapite lamentablement la bête en s'y prenant à plusieurs fois. Je convoque mes souvenirs d'abattage de poulet avec Gaby derrière son isba. Je sais qu'il faut attacher les pattes de la volaille vivante avec de la ficelle et la suspendre ainsi tête en bas pour pouvoir la saigner au niveau du cou. Notre poulet roux se débat sous un frêne tandis que le couteau le plus tranchant fait le tour de notre groupe sans trouver preneur. Tous me regardent, je suis le cuisinier, c'est donc à moi de l'abattre. Je caresse ses plumes comme le fait Gaby et je tranche la veine d'un coup sec. Le sang fait une grosse tache grenat dans l'herbe sous les soubresauts de la bête. « C'est ses nerfs », dit un garçon. J'ai oublié de faire un feu pour la casserole d'eau. Tout le monde s'agite pour couper du petit bois et rassembler des brindilles. Le feu prend vite. Je n'explique rien à mes camarades. « On peut t'aider ? » répètent-ils. Je leur demande d'aller cueillir du serpolet. Je plonge le poulet dans l'eau bouillante, juste le temps que ses plumes viennent toutes seules quand je les arrache. Je le vide, conserve ses abattis et le fourre de serpolet. Mes camarades ont taillé deux fourches pour recevoir la broche de noisetier. Nous nous relayons pour rôtir le poulet. Nous le présentons sur un lit de feuilles de gentiane aux moniteurs.

J'aurais voulu que tu sois là le dernier soir quand nous avons fait une montagne de crêpes. Je ne sentais plus mon dos ni mes bras. Mes camarades m'ont offert une planche à découper sur laquelle ils ont pyrogravé mon prénom.

Le soir de mon retour, je trinque avec toi, Lucien et Nicole en terrasse. Vous me demandez de raconter les randonnées, les cols que nous avons franchis, les sites que nous avons visités. Mais je n'ai envie de parler que de cuisine. Cela ne te plaît pas. Tu regardes ailleurs. Nicole dépose sur la table une assiette de tomates recouvertes de rondelles d'oignon blanc. « Ce soir, avec cette chaleur, on mange froid. » Tu débouches une bouteille de ce rosé gris que tu bois l'été. Tu interromps net le récit de mes exploits. Tu poses ta main sur le bras de Lulu :

– Demain, les gars viennent déménager la cuisinière et installer la nouvelle.

Lulu ne bronche pas. Il se coupe un morceau d'andouille qu'il mange avec son pain et son couteau comme Gaby.

– Ça ne pouvait plus durer avec le charbon, elle ne chauffait plus, elle était toute déglinguée, argumente mon père.

– Mais si qu'elle marchait bien encore, proteste Lucien.

Tu lui tapes dans le dos et causes comme une publicité.

– Tu verras comment le gaz, c'est souple et pratique. Fini de se fader les seaux de charbon depuis la cave.

Nicole approuve :

– C'est quand même plus propre le gaz, et puis vous avez passé l'âge de traîner des sacs de boulets.

Lucien n'écoute pas, il se roule une cigarette d'une main sur la cuisse. La flamme de son briquet dans la pénombre fait ressortir la maigreur de son visage. Je ne parle plus de ma bolognaise ni de mon poulet. J'avais imaginé que tu serais fier de moi. Il n'en est rien. Pour toi, c'est sûr, j'ai passé mes vacances à cuisiner dans ton dos. C'est pire que si je m'étais mal tenu.

5

De l'Algérie, Lucien et mon père ont retenu un mot : « mektoub », le destin. Ils mettent le mektoub à toutes les sauces, pour les résultats du football, le cancer du sein de la voisine, la victoire de Valéry Giscard d'Estaing à l'élection présidentielle. Mais Lucien n'aime pas le mektoub de la cuisinière à charbon qu'il s'agit de remplacer. Il le dit encore une fois à mon père avant de monter sur sa « bleue ». Lucien a forcé sur la gentiane qui vous rabote le gosier plus longtemps qu'une gueule de bois. Il se roule encore une cigarette pour la fumer sur la route. Il a un coup dans le nez. Avant d'enjamber sa mobylette, il est allé une fois de plus en cuisine caresser le fourneau qui va partir. Si la vieille fonte pouvait parler, elle raconterait des histoires sans fin de vol-au-vent, de bavette à l'échalote, de cuisses de grenouille. Elle dirait les mains de ces deux hommes tavelées par les brûlures ; le feu qui ronflait dans ses entrailles au petit matin sous le chaudron d'eau froide. Elle décrirait l'écume du pot-au-feu ; le parfum entêtant du mont-d'or rôti au vin jaune ; la peau du poulet qui gonfle et dore dans le four. Lucien sait tout cela. Il est déjà orphelin de sa cuisinière.

Les gars ont fini de démonter les fourneaux vers midi. Ils disent : « Ça, c'est de la fonte comme on n'en fait plus. » Ils n'étaient pas nés quand la cuisinière à charbon a été installée. Mon père et Gaby ont commencé à lessiver les murs de la cuisine pour les repeindre. Lucien n'est pas venu. « Il a eu une panne de carburateur », rigole son frère. Tout le monde sait que Lulu ne veut pas voir partir « sa » cuisinière.

J'ai démarré un barbecue dans l'arrière-cour. Je transpire en sciant des ceps de vigne. Tu m'expliques qu'il n'y a pas mieux que le sarment pour les grillades. « Pour le reste, j'imagine que tu sais faire, maintenant que tu es le cuistot de l'été », dis-tu en retournant à tes travaux. Tu souris. Ton agacement de la veille est passé. Je jubile. J'ai des tranches d'échine de porc larges comme un battoir. Je fais tourner violemment le panier à salade pour envoyer les gouttelettes d'eau sur le mur. Je cisèle de la ciboulette. La table est dressée. Jusqu'ici tout va bien. Toi, Gaby et les ouvriers, vous vous installez pour l'apéro. Tu t'es assis en bout de table pour me voir cuisiner en grignotant des cacahuètes avec ton Pontarlier mais tu te gardes bien d'intervenir. Je dépose les tranches d'échine sur le barbecue. Je remue les pommes de terre qui attachent. J'entends la graisse de la viande grésiller quand elle tombe sur les braises mais quand je me retourne, elle s'est enflammée. J'éloigne les tranches d'échine des braises. Je remue encore mes patates qui, pour certaines, sont noires sur une face et crues sur une autre. Je cherche ton regard mais tu engages aussitôt la conversation avec ton voisin. Je mélange la salade verte avec la vinaigrette et la pose sur la table en espérant ainsi gagner quelques minutes, le temps qu'ils la mangent. Mais tu demandes benoîtement aux ouvriers s'ils veulent la salade verte avant ou avec leur grillade. Ils sont suffisamment affamés pour revendiquer leur assiette pleine. Pour moi, c'est la bérézina. Tu le sais mais tu ne fais rien pour me l'éviter. Les tranches d'échine sont cramées dehors, saignantes dedans ; les pommes de terre collantes ou pas cuites. Les gars disent que c'est bon parce qu'ils sont polis. Tu picores ton assiette de la pointe du couteau avec une moue ironique. « Allez, fais-nous un beau plateau de fromages pour finir la salade. » Je file dans le garde-manger, tu me rejoins. Je me sens honteux. Tu me prends par les épaules : « Tu sais, en cuisine, rien n'est jamais gagné, tu peux être très bon un jour, moyen un autre parce que tu t'es levé du pied gauche. Je sais que tu as fait de ton mieux.

C'est le métier qui rentre quand tu te trompes. Le plus important, c'est la régularité. »

L'ouvrier soude les tuyaux pour alimenter en gaz la nouvelle cuisinière. Lucien a fini par se pointer. Il contemple la scène, plus blême que jamais. L'ouvrier m'a prêté une paire de lunettes de protection pour que je le regarde travailler. Il allume son chalumeau qui chuinte et applique la flamme sur le tuyau. C'est un petit panache bleu dansant sur le cuivre tandis qu'il approche une baguette de métal pour réaliser la soudure. Lui, il dit « brasure ». Il y a des mots comme ça qui me régalent l'oreille : « singer » une viande quand on la saupoudre de farine ; « cardinaliser » les crustacés en les faisant revenir à feu vif pour leur faire prendre une couleur rouge orangé ; « vanner » une sauce en la remuant avec une spatule pour empêcher la formation d'une pellicule. Je me délecte aussi quand tu méprises les robots ménagers en les traitant de « tarares » et que tu réclames « la clé du champ de tir » pour dire que tu cherches quelque chose. Quand nous sommes tous aux fourneaux, tu nous répètes souvent : « Ça s'attrape pas au moins ? » Dans ton glossaire, « s'attraper » veut dire un tas de choses : attacher dans le fond de la casserole ; trop cuire dans la poêle ; bouillir trop vite ; faire des grumeaux dans la pâte à crêpes… « S'attraper », pour moi, est le plus précieux des héritages.

On est tous les quatre – toi, Lucien, Gaby et moi – à contempler la nouvelle cuisinière. Sentencieux, tu annonces :

– Faut la roder maintenant.

Gaby s'esclaffe :

– C'est comme une femme ou un fusil. Faut qu'elle perde son pucelage.

Sur l'émail beige, le fabriquant a apposé une plaque gravée « Le Relais fleuri ». Tu as rempli ton faitout et l'as posé sur le gaz. Tu es convaincu :

– Ça chauffe quand même plus vite.

Tu allumes le four ; tu grattes la fonte immaculée. Lucien se tient à bonne distance, bras croisés. Tu lui demandes de faire une pâte brisée. Je dénoyaute des quetsches. Tu me houspilles car je ne vais pas assez vite.

– T'es sûr que tu n'as pas oublié quelque chose ? me souffle Lucien.

Je contemple les fruits joliment disposés, faces dénoyautées en l'air. Quoi ?

– La semoule au fond du moule, pour absorber le jus des fruits. Sinon, ta tarte va être aussi trempée qu'une serpillière.

Je démonte ma tarte, saupoudre la pâte d'une couche de semoule et remets en place les quetsches en ajoutant un voile de sucre roux.

Tu massacres Brassens et sa « Chanson pour l'Auvergnat ». Tu es aussi gai que Lucien est sinistre. Tu m'envoies chercher des pommes de terre dans le garde-manger. Ça chauffe entre vous deux, là-haut. Je laisse passer l'orage. Vous êtes comme ces vieux couples qui se chamaillent sur le programme télé mais qui s'inquiètent dès que l'autre est parti pisser trop longtemps. Tu ouvres le four :

– Passe-moi le sucre, que je fasse encore un peu grilloter les quetsches.

Tu retires la tarte du four. Les quetsches ont sérieusement bruni.

– On dirait qu'elles ont pris un coup de soleil, risque Lulu.

– T'es content, c'est la faute au gaz !

Je me sens un homme comme eux, bien plus parce que je partage leurs gestes que par la découverte des petites et des grandes lèvres dans les pages froissées de *Lesbienne orgy*, le roman-photo porno qui circulait dans le dortoir de la colonie. Tu nous partages une part de tarte aux quetsches et un fond de bouteille de rasteau. J'ai la queue de la poêle dans une main, mon verre dans l'autre. Le vin épice mes papilles après l'acidité des prunes. J'ai un peu chaud mais je me sens fort, rassuré d'être ainsi considéré comme un ouvrier du la bectance. Et soudain une bourrasque traverse ma poitrine : je voudrais que maman soit là, qu'elle nous appelle « mes hommes » ; que tu lui donnes du « ma bourgeoise » en lui servant du champagne. Je suis tes gestes pour retourner ma crique. Tu te tournes vers Lucien :

– Dis, tu nous ferais pas une petite omelette avec les champignons que tu as ramenés ?

Tu retiens ma main.

– Viens.

Tu m'entraînes dans l'arrière-cour où l'on s'attable avec nos verres. Tu lances une grande bouffée de Gitanes vers le crépuscule en me disant :

– Il faut le laisser faire, Lulu, il est en train d'adopter la cuisinière.

Tu bois une gorgée en silence.

Lucien débarque avec son omelette.

– Et la table, bordel ! C'est aussi à moi de la mettre ? rigole-t-il.

Tu le retiens.

– Julien, amène une baguette et un couteau, on va manger comme au bled. On coupe des tranches de pain et on saisit des bouts d'omelette avec les doigts. Tu te rappelles, Lulu ?

Lucien acquiesce en resservant du vin. Je te sens soulagé ; Lulu et le gaz, ça ira.

6

Une jeune femme se présente au bar. Elle vend l'encyclopédie *Tout l'univers*. Nicole l'écoute poliment en feuilletant un des tomes à la couverture rouge. Tu les observes depuis ton passe-plat. Et puis tu sors de ta cuisine, tu proposes à la jeune femme de s'asseoir pour qu'elle t'explique. Tu tournes les pages en hochant la tête. Tu découvres que les Spartiates se nourrissent de sang de porc et de vinaigre. Tu fais la grimace. Je suis déjà plongé dans *Tout l'univers* mais je vous observe de temps à autre. Elle te pique une Gitanes. Ses cheveux couleur de paille sont coupés très court. Tu lui demandes si c'est compliqué de vendre des livres en porte-à-porte. Elle dit que les gens sont gentils mais qu'ils achètent peu. Tu me regardes : « T'en penses quoi, toi, de *Tout l'univers* ? » Je dis : « C'est bien », sans quitter ma lecture. Tu fais : « Banco. » La jeune fille paraît soulagée : « C'est vraiment vrai, vous me la prenez, mon encyclopédie ? »

Elle a besoin de parler. Elle tente de poursuivre ses études. Les encyclopédies, c'est pour vivre et élever son bébé. Elle est « fille-mère » comme on dit à l'époque. Le père est un troufion de passage qui lui a promis la lune avant de disparaître après le service. Elle montre une photo de sa petite fille. Tu souris. Il est tard, il faut qu'elle récupère son bébé chez sa mère. Tu tires le rideau de fer, comme une parenthèse.

Je ne t'ai jamais vu avec une autre femme que maman. C'est comme si la lumière de la séduction s'était éteinte quand elle est partie. Nicole t'a dit une fois : « Il faudrait vous retrouver quelqu'un de bien. Pour le petit aussi. » Tu as grondé un « non » sans appel. Je crois que je préfère ça.

Dans la nuit, tu apprends que Lucien a dérapé sur une plaque de verglas en rentrant chez lui. Sa jambe droite est drôlement amochée. Il doit rester immobilisé au moins une semaine. Tu fais le tour de tes connaissances pour recruter un extra. Je prie le saint patron des cuisiniers pour que tu ne trouves personne car je me vois déjà en train de remplacer Lulu. Tu ne trouves personne. Le lendemain, c'est dimanche. Il n'est pas question de poulet au bord de la rivière. Tous les deux, on va avancer les plats des jours à venir.

Tu inspectes ton garde-manger et tu griffonnes tes menus sur le plan de travail. On attaque par un bœuf carottes qui pourra murmurer sur un coin de la cuisinière tout le reste de la journée. Avec tes mijotages, j'ai appris à respecter le temps pour mieux faire équipe avec lui. Quand je te demande s'il faut un bouillon, un fond ou un jus de viande pour le bœuf carottes, tu t'agaces : « Du bœuf et des carottes, comme son nom l'indique. »

La cocotte en fonte noire est le vaisseau amiral des cuissons lentes. Tu me dis d'y faire revenir les cubes de viande, mais pas trop, avec l'oignon ou l'échalote, d'ajouter les carottes coupées en sifflet, du laurier et du thym et de laisser mijoter à couvert. J'affiche ma surprise :

– C'est tout ?

– Quand une femme est belle, elle n'a pas besoin de se farder comme un camion volé, réponds-tu.

Je te fais remarquer que Nicole est très maquillée. Tu soupires en riant :

– C'est parce qu'elle croit que plus elle en met, plus elle tient son jules.

Il y a dans la cave un trésor sur lequel tu veilles jalousement. Tu es le seul qui a le droit d'ouvrir ton saloir, une imposante jarre en grès où tu conserves des cochonnailles qui font le bonheur de ton petit salé aux lentilles. Tu viens de remonter avec de la palette et des jambonneaux que tu fais dessaler sous un filet d'eau. Tu es né dans un monde où l'autarcie était le seul moyen de ne pas crever de faim. Tu m'as transmis le goût des conserves. J'en ai gratté, des seaux de cornichons, avant de les mettre au sel et au vinaigre. J'ai épépiné des brouettes de tomates pour en faire de la sauce. J'ai piqué avec une épingle des paniers de cerises qui, dans l'eau-de-vie, font une fieffée gourmandise. Tu m'as appris à embaumer les saisons en faisant sécher les chanterelles et les trompettes-de-la-mort sur un fil.

Je pique un oignon avec deux clous de girofle et le mets avec un bouquet garni dans un chaudron d'eau froide où palette et jambonneaux vont cuire pendant une heure et demie. Pendant ce temps, je prépare les lentilles.

– T'as mis du sel dans l'eau.

– Ben oui.

Tu soupires :

– Tu ne te souviens pas qu'il faut saler les légumes secs en fin de cuisson ? Sinon ils durcissent.

Tu me demandes de faire revenir oignons et carottes. « Tu ajoutes ton petit salé, les lentilles, et tu verses un peu de leur jus. Mais pas trop, sinon, ça sera de la flotte. Vas-y, encore un peu… stop, c'est bien. » Avec toi, j'ai appris l'économie des gestes. Je râpe les citrons sans trop appuyer pour en recueillir les zestes et les presse pour extraire le jus. Tu me parles de tes permissions avec Lucien à Alger, vous dégustiez le créponné, un sorbet au citron. Tu me racontes aussi que tu te régalais d'omelette à la mauve, cette plante qui fleurit sur les talus et dans les champs.

Tu sors la tarte au citron du four et en enfournes une aux pommes. Tu soulèves le couvercle du bœuf carottes et plantes ton couteau dans un morceau de paleron. « C'est cuit. Je le ferai réchauffer demain. »

Toute la semaine, je me lève à 6 heures. Je t'épluche les pommes de terre avant d'aller au collège. Le soir, j'expédie au plus vite mes devoirs pour me lancer dans un gratin de macaronis et des pommes au four. Quand Lucien revient le lundi suivant, il me dit : « Il paraît que tu as sacrément bien bossé. » Tu ne me dis pas un mot. Tu ne sais pas faire de compliments, il faut que les autres les adressent à ta place. Mais tout cela me rassure. C'est décidé, je veux faire un BEP cuisine. La conseillère d'orientation est dubitative quand je lui en parle. Elle me dit que je suis plutôt un bon élève, que je devrais poursuivre au moins jusqu'au baccalauréat qui, selon elle, ouvre toutes les portes, y compris dans l'hôtellerie-restauration. À l'époque, les métiers de la cuisine ont la réputation d'être une voie de garage. Mais je m'entête, il y a un bon lycée hôtelier à trente kilomètres. Je pourrais même rentrer tous les soirs par l'autorail. « Il faudra voir avec votre père lors de la réunion parents-professeurs. »

Depuis l'été où j'ai cuisiné en colonie de vacances, nous avons scellé un pacte, toi et moi. J'ai le droit de toucher une casserole à condition d'avoir fini mes devoirs et de présenter des notes et des bulletins satisfaisants. Il m'arrive de lire le soir en cuisine près de toi, surtout quand le service s'éternise. J'emporte aussi un bouquin au bord de la rivière le dimanche. Tout cela te convainc que je suis un élève studieux. Il faut dire que je dévore tout ce qui est imprimé depuis que tu m'as offert *Tout l'univers*. Quand je suis en train de lire assis sur le plan de travail, tu me demandes souvent : « Ça parle de quoi ? – De la guerre d'Espagne. » Je lis *L'Espoir* de Malraux. Notre professeure de français a mis la barre très haut. Depuis toujours je me passionne pour les récits de guerre. Plus tard, j'ai souvent oublié le sommeil en lisant *Vie et Destin* de Vassili Grossman et *Les Croix de bois* de Roland Dorgelès. J'ai moins de goût pour les mathématiques. Je me contente de reproduire des formules et des figures géométriques auxquelles je ne comprends pas grand-chose.

Un jour, un représentant est passé, il t'a fait l'article pour des frites précuites qui te feraient gagner du temps. Tu l'as regardé comme s'il tombait de la lune : « Pour moi, des frites, c'est des patates, un couteau, de l'huile, une friteuse et du sel. Point barre. » Le VRP s'est senti penaud mais il a avoué : « Des comme vous, il y en a de moins en moins. »

Tu as éclaté de rire. Tu l'as toisé comme un bonimenteur de foire.

Ce soir, le restaurant est fermé car nous allons à la réunion parents-profs au collège. Tu te rases dans la cuisine, tu n'occupes plus jamais la salle de bains à l'étage. Tu as bricolé une douche à côté des toilettes pour les clients. Mais tu te débarbouilles souvent dans l'évier. Tu m'as promis que tu m'apprendrais à me raser. Pour l'instant, j'ai surtout des boutons d'acné sur le menton et entre les sourcils. Avec ton blaireau, tu fais mousser le savon dans le bol. On dirait que tu bats les œufs en neige. J'aime soupeser ton rasoir de sécurité que tu entretiens avec le même soin que tes couteaux. Tu te rases avec des gestes souples et mesurés, entrecoupés de petits bruits dans l'évier quand tu rinces ton rasoir. J'admire ton calme, ta légèreté alors que le transistor braille les informations. Quand tu es ainsi torse nu devant un bout de glace accroché à une étagère, j'ai l'impression qu'il ne peut rien nous arriver. Tu es mon père baroudeur, mon père pacha du Relais fleuri, mon père qui sait tout faire de ses mains. Tu me dis d'approcher. « Tourne-toi. » Tu enduis mon cou de savon et je sens ton rasoir glisser avec précision. J'aime le contact de la mousse et du métal. « Voilà, t'avais trois poils et des petits cheveux qu'il fallait enlever. » J'aurais voulu que tu me tendes ton blaireau et ton rasoir pour faire mon visage. Mais tu répètes : « Y a le temps. » Lucien, lui, me laisse monter sur sa mobylette pour aller chercher le pain.

Tu as mis une chemise blanche que Nicole a repassée. Nous montons à pied. Tu t'arrêtes pour allumer une cigarette.

– Alors tu vas faire quel bac ?

Depuis le temps que j'attends cette question, que je la retourne comme une patate chaude sans savoir qu'en faire… La réponse la plus courte sera la meilleure.

– Je veux être cuisinier.

Tu laisses la flamme de ton Zippo brûler d'interminables secondes, ton profil se crispe. Tu as une gueule de fauve triste quand tu te tournes vers moi :

– Fais pas ça, mon fils.

Tu fumes furieusement ta Gitanes.

– Pourquoi, je me débrouille pas bien ?

– C'est pas ça.

– C'est quoi alors ?

– Moi, j'ai été obligé de travailler de mes mains. Toi, tu as la chance de pouvoir apprendre.

– Mais j'apprends avec toi.

Tu soupires.

– Oui, mais pas dans les livres.

Nos pas résonnent sur les pavés. J'ai froid. Je mets les mains dans les poches de mon pantalon. Tu me prends par les épaules.

– Tu sais, quand j'ai commencé dans la boulange, j'étais tellement petiot que je basculais presque dans le pétrin. Je me cassais le dos avec les sacs de farine. Et je me brûlais avec les cendres chaudes. Alors, toi, va à l'école le plus longtemps possible. Pour ne pas te retrouver à la chaîne à l'usine ou porter des sacs de ciment sur les chantiers. Apprends un bon métier.

– Mais c'est un bon métier, cuisinier.

– Non, gamin, tu rêves parce que tu es dans mes pattes et celles de Lulu. Mais va voir ailleurs. Ça gueule, ça se fout des torgnoles, ça picole au bar pendant que les apprentis suent sang et eau. Et puis c'est pas une vie, la cuisine, t'es debout de sept heures du matin à minuit. Même si ça marche, t'as toujours l'angoisse de la salle vide, du service qui part en couille, du rognon ou de la blanquette qui sont pas comme d'habitude.

– Mais j'aime la cuisine.

– N'en fais pas ta vie car elle te bouffera. Apprends un bon métier.

– C'est quoi pour toi un bon métier ?

Il marche et compte sur ses doigts.

– Comptable, dessinateur industriel, ingénieur, médecin, cheminot, professeur. Fonctionnaire, oui, ça, c'est bien, tu as la garantie de l'emploi et tu ne prends pas de gnons comme dans le privé.

– Gaby dit qu'il faut être libre de faire ce que l'on veut. Et que, les fonctionnaires, ce sont des collabos.

– Gaby se fout de tout parce qu'il a connu la guerre, où quand il se levait le matin il ne savait pas s'il serait encore vivant à midi.

– Mais toi aussi, tu as connu la guerre.

– Ce n'était pas la mienne. Je n'avais pas mon pays à libérer. Allez, on parle d'autre chose.

Nous arrivons à la porte du collège en même temps que ma professeure principale. Mon père lui serre gauchement la main en lui disant : « Je suis le père de Julien. » Comme si cela n'allait pas de soi.

7

Pour la énième fois, je tire un trait à l'encre de chine sur le papier-calque. Il s'agit de dessiner le carter d'un petit moteur électrique. J'en ai fait l'esquisse au porte-mine et surtout à grands coups de gomme car je me perds dans les vues en perspective. Mon stylo fuit sur les traits. À force de gratter les bavures avec une lame de rasoir, je finis par faire un trou dans le calque. Je m'énerve et déchire le dessin. C'est d'autant plus pénible de recommencer que je ne vois aucun intérêt au dessin industriel ni à la fabrication mécanique qui m'occupent des journées entières au lycée. Un camarade a dessiné un Droopy dans le dos de ma blouse bleue qui résume bien mon attitude en cette année de première, mention mathématiques et techniques. J'ai opté pour cet affreux vaisseau de béton posé au milieu d'une ZUP pour de mauvaises raisons : j'ai cru que je dissuaderais mon père de m'imposer des études supplémentaires et que je pourrais m'orienter vers la cuisine. Mais c'est un cauchemar de venir tous les jours dans ce bahut. Quand je pose mon vélo près du gymnase et que je contemple les verrières de l'atelier, la même pensée m'assaille : tenir.

De cette époque, il me reste une odeur que je peux convoquer d'un claquement de doigts, celle du métal chaud que l'on est en train d'usiner. Je suis dans le vestiaire, j'ouvre mon casier métallique, j'enlève ma parka et j'enfile ma blouse, je prends mes clés plates, mon pied à coulisse, un chiffon et ma lime. Même s'il faut être discret avec la lime. Nous sommes les petits enfants du taylorisme : nos professeurs nous promettent un bel avenir de technicien supérieur, voire d'ingénieur chez Peugeot à Sochaux. Il n'est pas question de limer le métal pour en faire une pièce unique mais au contraire de produire en très grande série sur des machines automatisées par nos soins. Le contrôle expert de l'ouvrier hautement qualifié est remplacé par un dispositif visuel binaire : une lumière verte, la pièce usinée est aux bonnes dimensions, une lumière rouge, elle ne respecte pas les cotations. « Même un bougnoule qui ne sait ni lire ni écrire reconnaît les couleurs », pérore un professeur. Le bougnoule n'a pas le droit à la lime. Nous non plus. Si d'aventure on se fait pincer en train de l'utiliser, la sanction est immédiate : nous devons découper un bout de rail de chemin de fer à la scie à métaux, ce qui revient à écoper la mer avec une petite cuillère. On y passe des heures.

Je deviens un abonné à la scie à métaux car, d'emblée, je déteste la perspective de devenir l'une de ces blouses blanches qui maltraiteront des travailleurs à la chaîne. J'y mets toute mon incompétence et ma maladresse. Ce qui m'est facile car, dès que j'arpente la dalle grise de l'atelier, mes jambes flageolent. Je suis particulièrement rebelle à l'utilisation du tour, cette machine-outil qui me fait autant tourner en rond que le métal qu'elle usine. Quand j'immobilise la pièce dans le mandrin, je suis comme le bouvier conduisant les bêtes à l'abattoir. Je n'arrive même pas à rêvasser en regardant les copeaux se tortiller sous l'huile qui refroidit le métal. Je me sens vide tout en me traitant de connard. Je suis furieux d'être ici plutôt que devant un fourneau de lycée hôtelier. Je peux passer des heures à regarder mijoter un bourguignon en imaginant des variantes à la recette de mon père, alors qu'aléser un cylindre d'acier me plonge dans une torpeur sinistre.

De toute façon, je n'usine pas, je massacre. Ma réputation de cancre de l'atelier est acquise dès les premiers jours. C'est devenu un jeu entre moi et le professeur de tournage, un ancien métallo qui a pris du galon par les cours du soir. Contrairement à d'autres enseignants qui ne jurent que par la construction mécanique et me conseillent d'aller tondre la pelouse devant le lycée, il a compris que j'étais une erreur d'aiguillage entre une fraiseuse et un étau-limeur. Quand il me voit décontenancé, il vient régler la machine histoire que je ne casse pas encore une fois un outil. De toute façon, quoi qu'il arrive, il me mettra dix sur vingt, histoire de ne pas m'enfoncer. Parfois, je l'aperçois qui lit assis à son bureau. Il m'a parlé de Bernard Clavel, un écrivain « né dans le coin », comme il dit, et qu'il aime beaucoup. Il m'a prêté *La Maison des autres*, un roman qui se passe dans notre ville et qui met en scène un apprenti pâtissier. J'en ai lu à haute voix des passages à mon père qui m'a dit : « C'est vrai, ça se passait comme ça dans le fournil. » Le professeur de tournage et moi, nous avons un jeu. À la fin de la journée, il me tend le balai en feignant un air hautain et me lance : « Alors, en marche, le roi des balayeurs de copeaux. » Je me réjouis de faire des petits tas de poussière tandis que l'heure de la « brisure » approche. Mes camarades rigolent à me voir balayer à grandes enjambées.

Nous sommes une classe de jeunes mâles chevelus et barbus qui fumons un tabac à rouler rugueux en faisant hurler Van Halen et Ange. Nous faisons de la limaille à moto dans les virages négociés au pastis et à la bière. Nous planquons des tournevis dans les bacs de purée à la cantine pour déclencher des grèves. Nous récupérons des billes d'acier pour des munitions de manifs imaginaires. Nous sommes une meute étonnamment fraternelle entre les as de la fraiseuse, les cadors des intégrales et le gros de la troupe incertaine. Je touche le fond dans les enseignements techniques, je surnage dans les matières scientifiques mais j'excelle en français, en philo et en histoire. Nous nous serrons les coudes grâce à un troc bien rodé : je rédige des dissertations et des commentaires composés en échange de dessins impeccables de pompes à eau et de trains d'engrenage.

Toi, dans ta cuisine, tu me vois revenir du lycée comme un futur diplômé des Arts et Métiers. Je me garde bien de t'en dissuader. Dès que je sors de l'atelier, je me réjouis de quitter cette foutue odeur de métal. Je frotte furieusement mes doigts avec ce savon dont les grains de sable rougissent les phalanges après avoir chassé le cambouis. J'aime ce geste car je me vois alors ouvrier comme toi. Pas tourneur ou fraiseur. Non, juste un ouvrier nettoyant ses mains comme tu le fais avec ton bout de torchon coincé dans ton tablier. Je veux être un prolo de la bouffe, un col-bleu des fourneaux. Je l'ai dit à Gaby quand on était en train d'élaguer un hêtre. Il m'a répondu : « Ce n'est certainement pas moi qui vais t'en dissuader mais, surtout, ne le dis pas à ton père. Il en ferait une jaunisse. »

Alors, si cela te chante, regarde-moi comme un futur chef d'atelier quand tu bats les œufs en neige.

Je suis convaincu que ce malentendu prendra fin quand j'aurai ce foutu bac en poche. En attendant, je m'accroche à ma planche à dessin. Tous les soirs, je commence par le pire, l'intersection entre un cylindre et un cône, et je termine par ce miel qu'est *L'Éducation sentimentale*. Nous avons hérité en français d'un petit bout de femme qui réussit à faire aimer Flaubert et Verlaine à notre horde de métalleux. Les fauves, qui se dressent sur leur Honda 125 XLS pour descendre les escaliers de la rue des Vieilles-Boucheries, se rêvent en aventuriers avec Cendrars et Rimbaud. Ils apprennent le plaisir d'assembler les mots avec la même minutie que lorsqu'ils réalisent un ajustement à l'atelier.

Le samedi midi, je troque enfin ma blouse bleue d'atelier contre le tablier de commis. Mes mains si gauches sur la planche à dessin et les machines-outils retrouvent enfin leurs repères. Avec Lulu, vous faites griller les steaks de hampe, je vous donne un coup de main pour les frites. Mais, surtout, je prépare le pâté de campagne pour la semaine suivante. Tous les samedis, je refais mes gammes avec de la poitrine et de la gorge de porc ; des foies de volaille, des œufs et des oignons. Je t'agace parce que je pèse les viandes. « Mais, bon Dieu, quand on fait des études techniques comme toi, on a le compas dans l'œil. »

Ton hachoir est sans doute le seul objet mécanique que j'aurai aimé. Tous les samedis, après l'avoir nettoyé, je l'enduis d'un peu d'huile d'arachide et je l'enveloppe dans un torchon dont j'aime l'odeur de gras, d'oignon et d'épices. Je le visse au plan de travail et m'assure que la manivelle est bien en place. Je me promets de le dessiner un jour à l'encre de Chine pour reproduire la magie de la fonderie qui fait des pleins et des creux, des rondeurs et des droites. J'aurais aimé apprendre à mouler la fonte dans le sable plutôt que l'usiner sur ces diablesses de machines-outils.

Tu m'observes du coin de l'œil tandis que je taille la viande en bandes – « Tu peux les faire plus grosses, sinon tu en as pour l'après-midi. » Je les passe dans le hachoir avec les oignons. Je mélange avec les œufs, le sel, le poivre et le quatre-épices. J'aime malaxer les nourritures crues, les mains maculées de viande et de jaune d'œuf. J'aime le velours de la farce et le piquant de l'oignon sur une coupure. Je n'en finis pas de goûter, rajoutant une pincée de sel et quelques tours de moulin à poivre. Je t'interroge du regard et tes yeux me disent : « C'est ton pâté, c'est toi qui sais ce que tu fais. » Je tapisse une grosse terrine brune avec de la crépine, fine dentelle blanche recouvrant le pâté. Quand je l'enfourne, tu vérifies qu'il y a suffisamment d'eau au fond du plat où elle va cuire au bain-marie.

Aujourd'hui, je me lance dans la confection des beignets que j'ai promis pour ma première boum du samedi soir. Tu m'as donné la permission de minuit. Tu vires tout ce qui encombre le plan de travail, que tu farines. La pâte fait un drap écru quand tu l'étales. Tu t'arrêtes pour brailler : « Elle est où la roulette ? » Lucien farfouille. Il sort des brassées de fourchettes et de cuillères. La roulette reste introuvable. Jusqu'à ce que tu me demandes de retourner un pot en grès et son bric-à-brac de fouets, de louches et de cuillères de toutes formes. Une roulette dentée grossièrement ajustée sur un manche en bois apparaît au milieu du désordre. Avec, tu traces des carrés, des triangles et des ronds dans la pâte. Tu jettes un bout dans l'huile. La pâte dore, tu enchaînes les tournées de beignets tandis que je trace d'autres figures.

Je marche dans la vieille ville avec, sous le bras, une corbeille de beignets enveloppés dans un linge. C'est une nuit de froid sec, l'air sent le bois des cheminées. La musique enfle au fur et à mesure que je gravis la ruelle surplombée par l'imposante tête de cheval de la boucherie hippophagique. Tu as toujours refusé de cuisiner du cheval. Tu dis qu'ils ont des regards d'humains quand on les conduit à l'abattoir. Je reconnais la voix de Nina Hagen dans « African Reggae » s'échappant d'un soupirail. Une volée de marches, une lourde porte, je suis aveuglé par une lumière stroboscopique hachant les mouvements des danseurs. Ils vont par essaims dans un dédale de caves voûtées. L'air sent la moisissure, le tabac et le patchouli. Je suis statufié sur la dernière marche avec mon panier de beignets. Une main m'entraîne auprès de mes camarades qui encerclent une poubelle remplie de canettes de bière. L'un d'entre eux en décapsule une avec son briquet et me la tend. Son voisin en ouvre une autre avec les dents et la vide d'un trait. Nous sommes entre apaches des hauts plateaux de la ZUP descendus dans la bonbonnière bourgeoise de la vieille ville. Les Indiens métallos se sont parfumés au pastis avant de venir. Dans leurs vestes de treillis élimé achetées au stock américain, ils toisent la jeunesse en Chevignon. Ils se marrent en voyant sur mon caban le sucre glace de mes beignets qu'ils mâchonnent en toisant les « pignoufs » et les « morues » du lycée d'enseignement classique.

Un apache prend les choses en main : « On pourrait leur faire goûter tes bugnes. » Il tente une approche vers une brunette qui danse seule. Elle est aussi surprise que si un ours lui tendait un pot de miel. Elle goûte et sourit. Nous voilà, métallos au grand cœur, entourés d'une nuée de souris dorées. La lutte des classes sera pour un autre soir. On se déchaîne sur « Smoke on the Water » de Deep Purple ; on se rapproche sur « Stairway to Heaven » de Led Zeppelin ; on s'enlace sur « Hotel California » des Eagles.

Je suis assis sur une marche d'escalier à côté d'un grizzly qui me raconte son premier chagrin d'amour en enchaînant des pastis épais comme des flans. Il se roule un joint mouillé sur lequel il a le plus grand mal à tirer. Il me dit qu'il m'« aime bien » même si je suis la risée de l'atelier. Je devine 23 heures sonnant au clocher. Je me dis que, dans une heure, je serai dans mon lit, j'aurai bu trois bières et fait le plein d'acouphènes avec l'artillerie de la musique qui défonce les baffles. Je ne pense qu'à mon pâté. Avant de me coucher, je ferai peut-être un détour par la cuisine pour goûter l'entame. Une crinière de lion s'agite devant mes yeux noyés par les lumières multicolores. La crinière s'éclaircit sur une paire d'émeraudes rieuses. Elle s'appelle Corinne. C'est la sœur du grizzly. Elle passe une main affectueuse dans la tignasse de son frère qui s'endort, les bras croisés sur ses genoux. Elle dit qu'il lui a parlé de moi, de mes dissertations et de mes truffes au chocolat que l'on mange pendant les cours de maths. Je rougis. Sting chante « I'll send an SOS to the world ». Elle veut me faire danser. Je bredouille : « Je ne sais pas. » Quand elle me dit : « C'est pas grave, je t'apprendrai », c'est comme une promesse. J'ai dix-sept ans mais c'est sûr, c'est la femme de ma vie.

Je contemple l'horloge du clocher. Il est minuit moins vingt. Nous sommes assis sous l'auvent du marché couvert. Elle n'a pas vraiment pris ma main. Elle est venue croiser doucement ses doigts dans les miens. Je n'ose pas bouger. J'ai le palpitant qui défonce ma cage thoracique. Je sais qu'elle sait que c'est la première fois pour moi. Elle souffle sur la mèche de cheveux qui lui barre le front, en se rapprochant. Je n'ai jamais embrassé une fille. Elle s'en charge. Ses lèvres sont sucrées comme mes beignets. Je lévite au-dessus du clocher. J'ai peur de rouvrir les yeux. Minuit sonne. Elle pousse vivement son cyclomoteur pour le faire démarrer et me dit dans la pétarade : « Demain, 15 heures au bord de la rivière. »

Quand j'entre dans la cuisine, mon père est en train d'astiquer la cuisinière. Il désigne un trait tracé à la craie sur le carrelage. « Tu fermes les yeux et tu le suis jusqu'à toucher le mur. » Je marche avec l'application d'un funambule sans dévier de ma route. Mon père m'arrête : « C'est bon, t'es pas bourré. »

8

Corinne ne comprend pas mes samedis entre la cuisine et mes potes de lycée. Elle ne supporte plus les discussions interminables sur les banquettes en moleskine fatiguée, où se mélangent motos, Wilhelm Reich et Frank Zappa. Sa main serre la mienne sous la table pour me dire « on y va ». La meute me fait des clins d'œil quand on s'arrache. Sur mon vélo, je m'accroche à l'épaule de Corinne pour qu'elle me tracte avec son cyclomoteur. Elle habite une villa dans un lotissement cossu. Je refuse toujours de passer par la porte d'entrée pour rejoindre sa chambre. Ce n'est pas que les parents me foutraient à la porte s'ils me découvraient dans le lit de leur fille. D'ailleurs, ils sont très discrets. Non, j'aime jouer les chats de gouttière en faisant des tractions sur une poutre pour atteindre le toit de la fermette jouxtant la fenêtre de sa chambre. Je connais par cœur la photographie de David Hamilton au-dessus de son lit. Corinne est comme le parfum de lavande de sa couette : rassurante et enveloppante. Il émane de son univers familial une quiétude inconnue. Chez moi, mon père, Nicole et Lucien m'aiment mais dans les odeurs de cuisine, de tabac et de pastis.

Corinne attrape son réveil derrière mon épaule. Elle peste gentiment parce que je vais rentrer chez moi à 5 heures du matin. Chaque week-end, elle me répète que nous pouvons faire la grasse matinée chez elle, que nous pouvons faire nos devoirs ensemble et que ses parents m'accueilleraient bien volontiers à leur table. Mais c'est inimaginable pour moi de te laisser seul le dimanche avec le tic-tac de la pendule et ta cuisine qui sent l'alcool à brûler. Et ce silence épais alourdi par le ronronnement des frigos.

Ce soir, Corinne n'était pas au Balto. J'ai téléphoné chez ses parents mais personne n'a décroché. La semaine dernière, nous nous sommes disputés quand elle m'a fait remarquer que mes cheveux sentaient le graillon. Je lui ai répondu qu'il n'y avait pas de honte à faire des frites, que le graillon, ce n'était pas pire que le cambouis. Elle m'a dit que j'étais trop susceptible, que c'était pour moi qu'elle disait cela. Elle m'a embrassé en affirmant qu'elle m'aimerait même si je sentais le pipi de chat. Mais j'étais déjà parti en pensée. C'était toi qu'on atteignait en parlant de mes cheveux. J'étais fier d'être le fils d'un prolo qui chérissait son fourneau et en redemandait quand je lui lisais des articles de *Tout l'univers*. Je jubilais quand je vous voyais dresser les vol-au-vent avec Lulu. J'admirais ta dextérité quand tu vidais et que tu bridais un poulet. Va donc expliquer ça à une fille des beaux quartiers qui ne voit qu'une paire de doigts s'enfoncer dans le croupion d'une volaille. Va donc lui raconter comment tu faisais pour moi les plus belles natures mortes avec des cassolettes de crêtes, de rognons de coq et de champignons des bois. Va donc lui décrire le bonheur, chaque printemps, de manger les grenouilles dorées dans le beurre noisette avec la persillade. Va donc lui faire partager le parfum fauve et torréfié du civet de lièvre.

J'ai dix-huit ans et quelque chose vient de se casser dans mon joli amour. Alors, je pousse la Honda XT 500 sur la route de Dijon. La pluie fouette mon casque, je suis trempé comme une soupe, je réchauffe mes jambes contre le gros monocylindre quatre temps. Le phare jaune transperce l'obscurité, éclaire un panneau indicateur : Dijon 30 kilomètres. Je vais à Dijon. Je sais que maman y est, qu'elle a refait sa vie. J'y ai souvent pensé, prendre la moto, la rejoindre. Aujourd'hui, je suis prêt. J'ose enfin me l'avouer : elle me manque terriblement.

Je donne un grand coup de gaz dans un virage en côte. Je pilote avec mes tripes, le cerveau embrumé par les Picon bière enchaînés au Balto.

J'ai « emprunté » la moto à un apache de ma classe, je n'ai pas le permis mais suffisamment d'alcool dans le sang pour piquer du nez sur le guidon. J'aperçois dans la nuit le néon d'un routier posé le long de la nationale. Je m'arrête sur le parking violemment éclairé. Un camionneur allemand est en train de tirer le rideau de sa cabine. Il éteint le plafonnier. Mes pas crissent sur le gravier détrempé. J'ai froid.

J'entre dans le relais routier. J'ai à peine assez de monnaie dans la poche de mon jean pour me payer un grand café et me donner l'illusion de dessaouler. Le comptoir est encombré de vaisselle sale. Le taulier est seul et revêche. Il encaisse ma mitraille. Je tente de m'intéresser au documentaire animalier qui passe sur l'écran suspendu à un angle du bar. Je sais déjà que je ne pousserai pas jusqu'à Dijon.

Je relève le col de ta vieille canadienne que je préfère désormais à mon caban. J'essuie le siège mouillé avec mon mouchoir et j'enfourche la moto en donnant un grand coup de kick pour la faire démarrer. Quand je relève la tête, une torche m'éclaire. Deux gendarmes sont postés devant moi. Ils ne sont pas hostiles, paraissent juste las sous cette pluie. Je n'ai jamais cru à ma bonne étoile avec les condés. Je n'ai pas les papiers de la moto, ni carte grise, ni attestation d'assurance, elle appartient à un ami. Je n'ai pas non plus de carte d'identité. Ils me font monter dans leur fourgon. Je préfère encore prendre les devants : « Oui, j'ai bu, mais pas beaucoup. » Suffisamment en tout cas pour colorer l'alcootest.

Le bureau de la gendarmerie sent le papier carbone utilisé pour les doubles dactylographiés. Avant de commencer à taper sur sa machine à écrire, l'un des deux gendarmes me fait remarquer que je suis peut-être majeur, mais j'ai la maturité d'un gamin de huit ans. Je fonds en larmes quand il me demande le numéro de téléphone de mon père. Je balance que tu m'élèves seul, que tu as déjà bien assez de soucis comme ça. Le gendarme recule sur sa chaise. « Tu vas quand même passer quelques heures avec nous histoire de ne pas rentrer ivre chez toi. »

La cellule de dégrisement consiste en un châlit en bois et un W-C à la turque dont on actionne la chasse de l'extérieur. Un radiateur diffuse une chaleur étouffante qui renforce l'odeur de merde et de vomi. Je dois retirer les lacets de mes chaussures et mon ceinturon. Je m'étends et me tourne contre le mur. À cette heure je pourrais être dans les bras de Corinne mais j'ai envie d'emmerder le monde entier. Ce n'est pas de la hargne d'ado, non, c'est la rage qui m'habite encore maintenant quand je siffle une bouteille de Jack ou que j'appuie sur le champignon sur la file gauche de l'autoroute. Je veux gueuler à la face du monde cette solitude qui ne me quittera jamais. Je m'endors en chantonnant Lou Reed et sa « Lady Day ».

Tu es sur le parking de la gendarmerie. Les parents du propriétaire de la moto t'ont prévenu. Je m'attends à une raclée monumentale. De celles qui vous balafrent à vie.

Tu me dévisages, adossé à la voiture. Tes yeux bleus ne m'ont jamais paru aussi grands, habités par un mélange de tristesse et de dureté. J'attends que tu décroises les bras et me frappes. Je veux ta colère, tes reproches, tes insultes, tes coups. Tout, sauf ton silence immobile et cette putain de chape de plomb qui recouvre tes émotions depuis que maman est partie. Je n'en peux plus de tes habits de deuil, de ta rectitude de moine soldat qui dort près de son fourneau. Je ne veux plus de ta sollicitude de père courage, de ta transmission sans émotion, de nos rites qui pédalent dans le vide. Je voudrais que tu casses des assiettes, que tu foutes le feu à tes fourneaux, que tu sois ivre mort sur le carrelage de la cuisine avec Lucien, ton frère de tombeau. Je voudrais que tu lâches enfin prise, que tu arrêtes de scruter le néant en attendant le pire. Ta guerre est finie, papa. Autorise-toi à m'en coller une mémorable, à me péter une dent si ça te chante. Cogne-moi, crache-moi à la gueule mais, putain, dis-moi quelque chose au lieu de tout mettre sous le tapis avec les fantômes, comme d'habitude. Je veux que tu me foutes la raclée de ma vie.

Tu me scrutes de la tête aux pieds comme un inconnu. Je ne suis plus le fils de personne. De la main, tu m'ordonnes de monter dans la voiture. Tu conduis avec des gestes d'automate. Tu t'arrêtes devant la boutique de fleurs de la Grand-Rue. Tu me tends un billet de cinquante francs : « Tu n'as qu'à lui dire que c'est comme d'habitude. »

La fleuriste me voit venir, elle te jette un regard interrogateur. Elle assemble un bouquet de roses blanches avec du feuillage. Je serre le bouquet. Tu conduis, toujours en silence. Nous prenons une avenue que je connais bien. Je l'emprunte souvent pour rejoindre le terrain où nous faisons du motocross. Juste avant la colline, il y a le cimetière de la ville. Deux cyprès en encadrent l'entrée. Une méchante bise s'y engouffre. Je n'ai jamais connu cet endroit sans le vent du nord. Deux allées en croix parcourent le cimetière. Tu marches devant, très droit. Je tiens les roses à l'abri de mes bras pour les protéger de la bise. Nous passons devant un carré d'herbe simplement planté de croix noires avec des restes de fleurs séchées. À côté, il y a des tombes d'enfants. J'aspire des bouffées d'air frais, la gueule de bois et l'émotion me font tourner la tête. Je chancelle entre deux caveaux, je frôle un buisson de buis, tu t'immobilises. Je vois d'abord une dalle de marbre beige veinée de rouge. Je remonte la pierre jusqu'à un nom, un prénom de femme et deux dates dont celle de ma naissance. Je suis hypnotisé par l'éclat des chiffres et des lettres d'or. Tu me souffles : « C'était ta maman, celle qui t'a mis au monde. Elle est morte en accouchant. »

Tu déposes le bouquet de roses. Tu prends ma main. Tu t'agenouilles. Tu sors ton couteau et coupes les queues des fleurs. Tu disposes celles-ci dans un vase rempli d'eau de pluie. Tu creuses le gravier devant la tombe et y places le vase. Tu te penches doucement sur le marbre que tu embrasses. Je sens les larmes monter en moi. Tu me prends par l'épaule.

– J'ai connu ta mère... biologique alors que j'étais apprenti. On l'avait placée comme vendeuse à la boulangerie. On était du même bois. On n'avait pas d'attaches. Elle avait été élevée par des religieuses, moi j'avais été commis dans une ferme où j'appelais l'homme et la femme « tonton » et « tata ». On s'est fréquentés rapidement. On a appris à s'aimer, on était tous les deux sauvages et méfiants. Notre jour de congé, on le passait là où je t'emmène le dimanche. Mais on était discrets parce que nos patrons n'étaient pas commodes. Il ne s'agissait pas qu'ils découvrent que la vendeuse couchait avec l'apprenti. Elle serait retournée illico chez les sœurs et, moi, j'aurais sans doute été viré. Il n'y avait que le vieux boulanger qui savait. Il nous sauvait le coup en nous prêtant son petit logement près de l'église. Il nous donnait les clés en disant : « Allez, les jeunes, un rendez-vous ne repasse pas deux fois. » Quand j'ai été appelé en Algérie, nous avons décidé que nous nous marierions à mon retour. Nous avions envie d'avoir des enfants. Mais tu es arrivé plus vite que prévu. Nous t'avons conçu lors d'une permission. Ta mère était sur le point d'accoucher quand je suis revenu.

– Pourquoi elle est morte ?

– On m'a parlé d'hémorragie.

– Pourquoi pas moi ?

– Ils ont tout fait pour vous sauver tous les deux mais elle n'a pas survécu.

– La mère qui meurt, le fils qui vit, c'est le mektoub, ça ?

Tu avales ta salive et tu traces une croix dans le gravier avec ton couteau. J'explose.

– Tu me fais chier. Tous ces mensonges, hein… Le Relais fleuri déniché avec Lucien, pipeau ?

– C'est ta mère qui avait trouvé le Relais fleuri. Moi, j'avais une trouille bleue de prendre un commerce, les clients, les emprunts… mais elle était si… si vivante.

– Et pourquoi tu ne m'as jamais dit la vérité ?

Tu soupires, tu cherches tes Gitanes dans ta poche. Tu en allumes une et murmures ces mots qui me semblent encore incroyables aujourd'hui : « Je te demande pardon. »

Je marche de long en large devant la tombe. Je voudrais pousser la XT 500 à fond dans les tours et dans le décor. Je me retourne. Tu es piteux, voûté, un petit vieux.

– Et ma… Et Hélène dans tout ça ?

– Hélène.

Tu inspires profondément.

– Hélène, c'était Hélène.

– Elle n'est pas morte, elle aussi, au moins ?

– Non.

Troisième partie

1

– Il t'a parlé de ma mère biologique, mon père ?

Gaby ne semble pas du tout étonné de ma question.

– Jamais.

– Et Hélène, tu l'as connue ?

– Un peu mais, tu sais, ton père était tellement boulot boulot que c'était difficile de les voir, de vous voir tous ensemble.

Gaby me lorgne de biais en lissant sa cigarette d'un air de dire : « Allez, vas-y, gamin, pose-moi encore des questions. »

– Elle était comment Hélène ?

– Belle, très belle. Elle avait du chien comme on dit. Tu te rends compte, agrégée de français qu'elle était. Mais elle n'étalait jamais son savoir avec des clampins comme nous. Et folle de ton père avec ça.

– Et avec moi ?

Gaby marque un temps d'arrêt, pèse ce qu'il va dire :

– Elle était comme une mère avec son petit garçon.

– Alors pourquoi elle est partie ?

– Personne ne sait. Sauf ton père.

– Pourquoi il n'a jamais rien dit ?

– Parce que les hommes ne parlent pas. En général. La seule chose que je sais, c'est qu'elle a dit à ton père avant de partir : « Tu n'entendras plus jamais parler de moi. »

Je me lève d'un bond. Je me cogne le front de toutes mes forces contre un chêne. J'enfonce mes ongles jusqu'au sang dans l'écorce. Je fais demi-tour pour chercher mon couteau. Je veux me trancher les poignets d'un coup sec comme je couperais les pattes d'un poulet. Je vois les roses sur le marbre de la tombe, les cheveux de maman Hélène caressant mon visage quand je viens la réveiller. Je vois mon père abruti de fatigue en train de briquer sa cuisine dans le silence de la nuit. Je veux mourir. Gaby m'arrache le couteau. Je m'empare d'un silex avec lequel je m'éclate l'arcade sourcilière. Le sang coule. Je vois rouge, le liquide fade atteint mes lèvres. Gaby enserre mes jambes et me plaque au sol. Lui qui a vu des hommes en flammes sortir de la tourelle des chars ; qui en a vu mourir muets en se tenant le ventre déchiré par la mitraille ; jaunes, gris quand ils étaient gelés depuis plusieurs jours sous leur vareuse devenue carton. Lui qui a connu toutes les couleurs du sang, rouge vif, noir, grenat, quand il coulait sur la neige, la crosse des fusils, les bandes molletières. Il me fait asseoir la tête contre son épaule et sort son mouchoir pour éponger mon front. Je pleure. Sa main droite enveloppe la mienne. Elle est chaude et calleuse.

– Pourquoi tu veux te punir gamin ? Tu ne crois pas que t'as déjà eu ta ration ?

Je hausse les épaules.

– T'es pas con. T'es pas manchot. Sauf en techno.

Il rigole.

– Demain tu auras le bac. Tu as la vie devant toi. Et, crois-moi, ça passe vite une vie. La bousille pas, gamin, fais ce que tu veux, pas ce que les autres veulent. Simplement, il faut que tu la joues finaude avec ton père. Tu sais, lui aussi il a morflé dans toutes ces histoires. Avec toutes nos conneries, on n'a pas cueilli d'ail des ours. Faut qu'on en trouve pour le souper. Tu sais pocher les œufs ?

Bien sûr, je sais pocher les œufs.

Après ça, je ne reparle plus de ma mère. Mais je suis apaisé. Je révise le bac chez Gaby et Maria. Elle me réveille à 5 h 30 d'une caresse sur la joue. « Debout, mauvaise troupe. » J'entends ses pantoufles traîner jusqu'à la cuisinière. On a beau être en mai, les matins sont frisquets. Elle relance son feu. Elle remplit la bouilloire. J'ouvre les yeux, je me retourne. Je fais mes comptes : il me reste quatre semaines avant le bac. C'est Gaby qui a eu l'idée que je vienne réviser chez eux. Avant de partir, toi et moi, nous sommes allés mettre des fleurs au cimetière. Tu as retenu mon bras : « Je suis sûr qu'elle veille sur toi. »

La bouilloire chantonne sur la cuisinière dans l'odeur du café. Je m'habille et chausse mes Pataugas. J'ouvre la porte sur un matin de gelée blanche. Je fais le tour de la maison et me poste toujours au même endroit en face de la forêt pour pisser. Je vise une touffe de rumex avec le jet jaune. Un chat se frotte contre mes jambes, de retour de virée nocturne. Parfois il rapporte entre ses dents un oiseau, une souris. Je m'assois en bout de table. Maria a déposé un bol de café, deux tartines de pain grillé, du beurre et ses confitures. Je contemple mes cahiers et mes bouquins rassemblés à l'autre bout de la table où trône toujours un chat. J'ai aussi apporté le premier livre de recettes que je me suis offert : *Bocuse dans votre cuisine*. Au Relais fleuri, il est caché sous mon lit. Je sais ton aversion pour tout ce qui ressemble à une recette écrite. Le soir, je me plonge dans les maquereaux au vinaigre de vin blanc, les œufs à la beaujolaise et le marbré au chocolat. Chez Maria et Gaby, le livre est bien en vue sur la table au risque de réviser davantage la recette du saucisson chaud que les probabilités ou les procédés d'usinage. Je m'évertue à relire des cours auxquels je ne comprends rien en espérant ne pas être interrogé dessus le jour de l'examen. Je suis incollable sur la béchamel mais incapable d'expliquer le brochage.

Après son café au lit avec Maria, Gaby s'installe en face de moi pour déjeuner. Il m'a concocté un emploi du temps quasi militaire. Je planche sur mes cours de 6 heures à 10 heures et de 13 heures à 16 heures, et une heure après le souper. Entre les révisions, je suis dans les pattes de Gaby et j'ai le droit de me mettre en cuisine. Hier après-midi, nous avons tué un lapin. Je n'ai jamais connu personne abattre une bestiole comme lui. Il est à la fois méthodique et affectueux. Quand il sort le lapin du clapier, il le caresse en murmurant son nom. Tous sont baptisés. Celui-là s'appelle Trotski. Il y a aussi le coq Bakounine et un canard nommé Jaurès. Le Panthéon des grands animaux, c'est la cocotte. « C'était pas mal la vie chez nous, hein, herbes et foin de qualité sans compter les gamelles de pâtée de légumes l'hiver », énumère Gaby tout en sortant de sa veste le rondin de frêne avec lequel il assomme Trotski. Il suspend le lapin par ses deux pattes arrière et le saigne. Un mince filet de sang coule dans le bol. Gabriel répète toujours : « Ah, on est bien peu de chose quand même. » Quand il a écorché le lapin, il le dépose sur un plat et le recouvre d'un torchon. « Ci-gît le camarade Troski », déclame Gaby en l'apportant à

Maria qui pousse un petit cri. Elle l'engueule en russe. Il la prend par la taille qu'elle a fine et la baisouille. Maria parle aussi russe quand ils font l'amour. Quand j'ai demandé à Gaby, dans la forêt, pourquoi ils n'avaient pas d'enfants, il a arrêté d'affûter la chaîne de sa tronçonneuse : « À cause de tout ce que Maria a subi. » J'ai frémi tandis qu'il tirait rageusement le fil du démarreur.

Maria me couve du regard.

– Tu veux que je t'aide ?

Je fais non. Je confectionne un bouquet garni avec du laurier, du thym, un blanc de poireau et un brin de livèche. Je découpe une belle tranche de lard.

– Vous avez une berceuse, Maria ?

– Une quoi ? me répond-elle, étonnée.

– Une berceuse.

Gabriel est hilare :

– Ben oui, tu sais, la berceuse que tu chantes quand tu cuisines.

– Maria a compris qu'on la faisait marcher.

– Allez-vous faire foutre, lâche-t-elle.

Gaby sort un hachoir courbe muni de deux poignées et mime un mouvement de balancier.

– C'est ça, un hachoir berceuse.

Maria fait semblant de nous gronder :

– Vous ne pouviez pas dire tout simplement le « hachoir » ? Vous, les Français, il faut toujours que vous compliquiez les choses.

Gabriel donne quelques coups de pierre à aiguiser sur la lame. Il dit toujours : « Dans n'importe quel métier, un bon ouvrier, c'est déjà quelqu'un qui sait affûter ses outils. » Dans sa 4L, il a une pelle américaine coupante comme un rasoir. J'ai lu que, pendant la guerre, on s'en servait comme arme lors des combats au corps-à-corps.

Sur la planche, je hache le foie, les poumons, le cœur du lapin avec du persil et de l'ail. Je mélange le tout dans un bol avec un petit verre de gnôle de Gaby. Elle a le goût d'amande des noyaux de prunelles que nous allons cueillir après les premières gelées. Il en faut des seaux de prunes bleues pour faire un litre d'eau-de-vie. Gaby distille tout ce qui pousse autour de chez lui : des pommes, des poires, des fleurs de sureau, des griottes. Chaque matin, il boit sa « goutte », comme il dit, dans le fond tiède de son deuxième café. Il fabrique aussi son vinaigre avec des restes de vieux vin. J'en verse un filet dans le bol contenant le sang frais du lapin… Gaby me donne un coup de coude alors que je remue la viande.

– Ça te va ? me dit-il en me désignant une bouteille poussiéreuse.

Un aloxe-corton premier cru 1972.

– Ce n'est pas un peu trop pour un civet ?

Gaby me chuchote à l'oreille :

– J'ai mis la barre haut, t'as pas intérêt à te planter.

Je mets le vin à chauffer. Je saupoudre de farine les morceaux de lapin et les enrobe. J'ajoute de l'eau chaude pour lier le tout. Je verse le vin bouillant, le bouquet garni et de l'ail en chemise. Je fais glisser la cocotte sur un coin de la cuisinière pour que le civet mijote. « Pas là, ça ira trop vite », me conseille Maria. Elle est comme toi, elle connaît les yeux fermés les températures de son fourneau. Combien de fois m'as-tu fait palper la fonte pour localiser l'endroit où faire bouillir ou, au contraire, cuire à tout petit feu !

Dans le village, tout le monde sait que Lulu aime les hommes. Quand Gaby est revenu de la guerre, il a appris que leur père l'avait frappé. Lulu avait été surpris en compagnie d'un garçon dans un bois. Leur mère avait supplié Gaby de ne pas aller parler au père. Celui-ci était en train d'arracher un pied de pommes de terre dans son jardin. Gaby s'est planté devant lui. Il avait son regard de soldat. « Lucien est mon frère. Tu lèves encore une fois la main sur lui, c'est à moi que tu auras affaire. Même si tu es mon père, je t'exploserai. » Les yeux du vieux s'étaient voilés. Il redoutait ce fils dont la guerre avait renforcé la liberté de parole et l'autorité. « Ça reste un pédé sous mon toit, avait-il soufflé. – Et alors ? Tu aurais voulu qu'il finisse à Auschwitz ? » Le père avait baissé la tête sur son pied de patates.

Je retire les morceaux de lapin de la cocotte, je filtre le jus et le remets sur le feu en ajoutant le mélange foie, poumon, cœur. Je remue délicatement, j'évalue la texture de la sauce. Gaby y trempe du pain et goûte les yeux mi-clos. « C'est le Jésus en petite culotte de velours », décrète-t-il.

Je t'entends quand tu me dis : « Saucier, c'est le plus beau métier de la cuisine. » Il y avait de la magie quand je te regardais, gamin, faire ta bisque d'écrevisses. Les bestioles devenaient rouge vif dans la cocotte alors que je m'échinais à tailler en mirepoix les légumes que tu allais ajouter. Tu écrasais rageusement le tout avec un rouleau à pâtisserie qui faisait office de pilon. Des tomates, du vin blanc, des clous de girofle, des baies de genévrier et des grains de poivre enluminaient le mélange que tu oubliais pendant trois heures à tout petit feu sur un coin de la cuisinière. La bisque devenait un jus épais que tu filtrais au chinois. Il fallait évidemment que tu y ajoutes de la crème. Tu me faisais goûter cette sorcellerie. Moi aussi, aujourd'hui, je suis fier de mon civet quand je vois le contentement de Maria et Gaby. Je sais que si je téléphone pour te le raconter, tu me parleras aussitôt de mes révisions. Chez nous, on ne réchauffe pas les sujets qui fâchent, on les enterre. Je l'ai tellement intégré que je me retrouvai complètement pris au dépourvu quand, en classe, notre professeur principal me demanda ce que je comptais faire après le bac. Je m'interdisais de parler cuisine car j'avais peur que tu ne l'apprennes. Il n'était pas question non plus d'envisager une école d'ingénieurs vu ma nullité pour les matières techniques. Je me sentais si démuni que je tentai une ultime provocation : « Je ferai tout, sauf ce que j'ai essayé d'apprendre ici. » Mes camarades étaient écroulés de rire sur leur table.

Si je t'avais raconté cette scène, tu serais monté sur tes grands chevaux en me répétant : « Ça ne se fait pas. » Gaby, lui, m'a dit que j'avais du panache. Quand je révise, il feuillette mes bouquins de cours, un chat contre lui. Il ne connaît rien à la chimie mais il me fait réciter les définitions. En revanche, il est beaucoup plus calé que moi en construction mécanique sans jamais l'avoir étudiée. De la simple lecture d'un plan, il visualise le fonctionnement d'un embrayage. « C'est pourtant simple, qu'il me répète, c'est juste du bon sens tes trucs. » Quand il pressent que tout s'embrouille pour moi, il me dit de plier mes « gaules » pour aller prendre l'air. Il me fait mettre des bottes car on va traverser des « gouillas » pour aller cueillir de l'ail des ours.

Cet après-midi, le ciel crève en averses courtes. Entre deux giboulées, de gros nuages moutonnent dans l'azur. Gaby a garé la 4L dans une ancienne carrière de sable ourlée de genêts. On les enjambe à travers un taillis de bouleaux et de hêtres. Gaby n'aime pas les sentiers tracés. Il m'embarque au milieu de nulle part sur ses chemins où il ne se perd jamais. Nous traversons une vaste clairière puis une succession de combes où l'eau affleure, sous les feuilles mortes. Gaby s'arrête sur une corniche de bruyères surplombant un vallon où coule un entrelacs de filets d'eau. Nous les enjambons en sautant sur des mottes de boutons-d'or et de galets. Je risque : « Tu sais où l'on va ? » Gaby poursuit son chemin sans se retourner en répondant : « À ton avis ? » Nous longeons un ruisseau qui va grossissant alors que l'on aperçoit le vert tendre d'une pâture à l'orée du bois. Gaby abaisse une clôture de barbelés pour que je l'enjambe. Nous marchons dans une herbe grasse. Ce n'est pas vraiment une prairie en dépit de la présence de génisses qui s'éloignent quand elles nous aperçoivent. Ce n'est pas non plus une clairière malgré les hauts fûts de chênes qui se dressent en bouquet. À l'ombre des grands arbres, il y a une grange vers laquelle nous nous dirigeons. Elle est en partie en ruine. Un morceau du toit est écroulé sur ce qui devait être un fenil. Nous nous asseyons sur un linteau de pierre où sont gravés les chiffres 1802.

– C'est la date de la construction, m'explique Gaby.

J'ajoute :

– C'est aussi la naissance de Victor Hugo.

Il me tape sur l'épaule.

– Un anarchiste comme nous, hein ?

– Dis donc, il faut connaître pour venir ici.

– Un peu mais c'est ce que j'aime. Elle nous a bien servi, cette grange, pendant la guerre. C'était un lieu de rendez-vous pour les maquis du coin.

– Ce n'était pas surveillé par les Allemands ?

– Pas plus que ça. Il y avait toujours des gars qui venaient en éclaireurs pour vérifier que l'endroit était sûr quand on devait s'y retrouver. Et puis, à la fin, les Allemands avaient trop de boulot en ville pour débouler ici.

Je taille un bout de noisetier que je plante en terre comme une flèche.

– On dirait que tu préfères faire des copeaux de bois plutôt qu'usiner de la ferraille, hein ?

Je rigole. Gaby me fixe, plongé dans ses pensées, tandis que j'écorce une autre branche.

– Tu veux toujours être cuisinier ?

Je pince les lèvres en acquiesçant.

– Et tu seras obligé de faire une école avec tout ce que tu sais déjà ?

– Il faut que je me perfectionne. Je pourrai le faire dans une école ou chez un patron. Mais ce sera toujours le même grabuge avec mon père.

Gaby se concentre en se roulant une cigarette.

– Tu lui as demandé ?

– Non, mais je sais.

– Gamin, il faut que tu la joues malin. Après ton bac, ne braque pas ton père. Inscris-toi quelque part pour la forme, qu'il croie que tu seras un jour professeur. Et puis trouve-toi un bon taulier pour apprendre encore la bouffe. Et tu verras, ça va rouler.

Il se passe quelque chose au milieu de ces pierres tiédies par le printemps. C'est comme si cet homme à la mine roublarde était en train d'aiguiller ma vie. Nous avons plus parlé cet après-midi-là, tous les deux, qu'avec mon père les dimanches au bord de la rivière de mon enfance. Gaby me prend des doigts la cigarette que je m'efforce de rouler.

– Tu parles d'un pétard, laisse-moi faire.

2

Tu es le plus généreux des pères quand toute la jeunesse défile pour fêter le succès. Je change le fût de bière pression qui s'est vidé en un clin d'œil, je remplis des mètres de verres de blanc limé. Tu décides de remplir ton grand faitout de pommes de terre que tu cuis en robe des champs pour les servir avec tous les fromages disponibles dans le garde-manger. On boit, on bouffe, on se gave, on flirte, on dégueule, on reboit. Et toi tu turbines dans ta cuisine, une Gitanes fumante posée sur le rebord du fourneau. Tu dresses des coupes de sorbet avec tes tuiles. Lulu, qui vient se servir un grand verre d'eau glacée au bar, me dit : « Il est fou ton père, je ne l'ai jamais vu comme ça. » On boit à la santé du Relais fleuri jusque dans la cour de la gare avec les cheminots. Même les professeurs et les gendarmes sont de la partie. Pour eux, tu as débouché le champagne.

Corinne est attablée en terrasse avec d'autres mentions très bien, comme elle. À la rentrée, elle ira en maths sup au lycée du Parc à Lyon. Comme ses camarades avec qui elle discute. Je leur offre une coupe de champagne. Je suis dans mon rôle de loufiat servant la jeunesse dorée. Je jubile de ma position. Comme dirait Gaby, j'ai « pété plus haut que mon cul » avec Corinne. Je la regarde comme une poupée de porcelaine en me demandant comment mes mains de prolo ont pu la toucher. Je découvre que les sentiments peuvent s'échapper sur la pointe des pieds sans vous fracasser le cœur. Et, accessoirement, je prends conscience que le cerveau est le deuxième sexe de l'homme. Corinne lève la tête : « Tu vas faire quoi à la rentrée ? » J'ai pas mal de Picon bière au compteur et je siffle une bouteille de champagne au goulot. J'ai une grosse envie de déconner. Mon pote Bébert passe, il est chargé en Ricard comme un char de combat. Il sera polytechnicien, comme certains d'entre eux, mais il continuera de faire de la limaille sur sa XT 500 dans les virages et de manger du pâté Hénaff avec moi à 3 heures du matin. On se roule une pelle en braillant : « On va se marier et faire un enfant ! »

Il doit bien être 3 heures du matin. Même les géraniums de la terrasse sont fatigués. Pourtant, le Relais fleuri ne désemplit pas. Tu bois ta bière sur le seuil. Tu promènes ton regard sur la terrasse. Tu souris en regardant les jeunes se bécoter. Je crois que tu es heureux. Tu frappes dans tes mains. « Allez, on attaque la soupe à l'oignon. » Je veux t'aider. « Non, reste avec tes amis. » Je te déteste.

Tu ne veux plus de moi dans ta cuisine. Pour toi, je suis bachelier, je suis passé de l'autre côté. Me voilà presque col blanc. Fini, le tablier bleu du commis. Terminé, les seaux de patates à éplucher, l'odeur fumée de la saucisse de Morteau et de l'ail sur mes doigts. Fini, la sacoche kaki du stock américain pour aller en cours. Tu es capable de m'offrir un attaché-case et des mocassins à glands pour remplacer ma sacoche et mes Clarks toutes crayonnées au Bic. Je veux te faire chier encore une fois avant de partir pour cette vie bourgeoise que tu m'imagines. Je chope les clés de la moto de Bébert. Je donne un méchant coup de kick et je fais gronder le monocylindre. Je m'apprête à passer la première quand une poigne d'enfer m'agrippe le cou et coupe les gaz. Je reconnais les longs doigts noueux de Lucien. Il se campe devant le guidon, me fixe de ses grands yeux tristes. « Ça suffit, Julien. »

Le lendemain, nous avons tous des têtes de déterrés et engloutissons des litres de Coca pour apaiser nos gueules de bois. Nous devons vider nos vestiaires. Nous avons prévu de brûler nos blouses bleues lors d'un barbecue géant au bord de la rivière. J'ouvre péniblement la porte de mon casier, tordue à force d'avoir été forcée. Je range mon pied à coulisse, mes clés et ma lime dans ma sacoche. Je passe la main sur le rayon supérieur. Il y a une enveloppe cachetée. À l'intérieur, une feuille quadrillée pliée en deux. Je l'ouvre : quelqu'un a écrit en lettres bâtons « Hélène » et un numéro de téléphone. Je relis dix fois le prénom et les chiffres. J'ai un mal de crâne épouvantable. Je compte les chiffres, oui c'est bien un numéro de téléphone. Une peur panique m'assaille. J'ai peur de le perdre. Je m'empresse de le copier sur mon cahier de textes. Je suis sidéré au milieu des métallos qui chantent en donnant de grands coups de pied dans leurs vestiaires. On me fourgue une revue porno chiffonnée. On m'engueule lorsque je la jette à la poubelle. Décidément, la gueule de bois ne me vaut rien, disent-ils.

Je redescends l'avenue. En bas de la côte, il y a une cabine téléphonique après le panneau publicitaire. Le jardinier que je croise régulièrement est en train de désherber son carré de fraises. Il tourne la tête. Peut-il imaginer que c'est la dernière fois que l'on se voit ? Une seconde, j'ai envie de lui dire au revoir mais je suis obsédé par cette foutue cabine téléphonique dont la porte ouverte est une invitation. J'ai une pièce de un franc. Je la tourne et la retourne dans la poche de mon pantalon, la sors pour vérifier que c'est bien un franc. Je relis le numéro, je ne sais pas quoi faire. Je suis terrifié à l'idée d'entendre sa voix dont je ne me souviens plus. Elle est partie depuis près de dix ans. Sans un mot pour moi. Dix ans que la lumière est éteinte. Ne pas l'appeler, c'est rester sans recours pour comprendre. L'appeler, c'est frapper à la porte d'une inconnue qui m'a torché, habillé, nourri, cajolé avant de disparaître. Le remords me vrille la poitrine. Je reviens sur mes pas. Là-bas, sous le panneau publicitaire, le jardinier se relève et m'observe. Suis-je devenu si étrange ? Je décroche le combiné, il sent la mauvaise haleine et le tabac froid. J'inspire très fort mais mes doigts se perdent dans les chiffres quand je compose le numéro. Je raccroche. Je caresse un cœur gravé dans le métal de la cabine. Je décroche à nouveau mais mon cœur bat trop fort. La pièce de un franc retombe. Je la scrute dans le creux de ma main. On ne triche pas avec le mektoub. Face, je l'appelle, pile, je ne l'appelle pas. Je lance ma pièce très haut. Elle retombe dans les gravillons : pile. Je ne peux pas en rester là. Il me faut un geste magique. Je la jette encore, elle retombe sur face. Un partout, la balle au centre : cette fois, je secoue la pièce dans mon poing fermé et je la fais rouler comme un dé. Pile. Le mektoub en a décidé ainsi pour aujourd'hui, je ne l'appellerai pas.

Le dimanche, nous allons déjeuner chez Maria et Gaby pour fêter mon bac. Je suis assis dans la voiture avec ton fraisier sur les genoux et ta cocotte de coq au vin entre les jambes. C'est la deuxième fois que je te vois en chemise blanche après la réunion parents-profs en troisième. En traversant la forêt, tu me parles des pousses de fougère qui se mangent comme des asperges. Je suis sur le point de te dire : « On essaiera ? » mais je me ravise. Je me suis souvent retenu de faire des projets à haute voix par peur qu'ils ne se concrétisent pas. Mais ici, ce n'est pas de la superstition. Je n'arrive plus à nous imaginer un avenir commun sachant que, pour toi, la cuisine n'en fera pas partie.

Gaby et Lucien ont déjà pris de l'avance à l'apéritif. Ils ricanent :

– Alors, le bachelier, tu nous connais encore ?

Je déteste leur jeu. Gaby en rajoute :

– Tu sais ce qu'il dit, Bocuse : « J'ai mes deux bacs, celui d'eau froide et celui d'eau chaude. »

Maria m'empoigne par le cou, m'embrasse bruyamment, je sens ses larmes. La mère de Gaby et de Lucien est là :

– Je vous félicite.

Cette petite pomme ridée a vécu deux guerres, tiré le diable par la queue pour élever ses mômes et elle me donne du « vous » qui me révulse. Je vide en trois gorgées le Pontarlier que Gaby me tend. Une torpeur écœurante me gagne. J'en bois un deuxième puis un autre. Personne n'y trouve à redire, je suis le héros de la fête. Je suis dans un nuage alcoolisé, les voix me parviennent assourdies.

Il y a toujours un bras qui me prend les épaules et me dit : « Quelle tête bien faite » ; « Tu es le premier bachelier de la famille » ; « Tu ne vas plus nous connaître, maintenant que t'es de la haute. » Maria me réserve les plus grosses morilles à la crème qu'elle a préparées ; tu choisis pour moi les meilleurs morceaux de coq ; mon verre n'est jamais vide. Gaby a débouché un romanée-conti de mon année de naissance qu'il a dégoté via son réseau d'anciens résistants. Au milieu du brouhaha, je cherche sans cesse son regard. Il le sait et en joue. Quand ils croisent les miens, ses yeux sont rieurs et disent : « Alors, gamin, t'es l'enfant prodige ? Tu déconnes pas hein, tu fais comme on a dit. »

Tu découpes ton fraisier, Gaby débouche le champagne. On trinque. Le froid et les bulles me requinquent. Il me tend la perche : « Qu'est-ce que tu vas faire maintenant ? » Les regards sont tournés vers moi : « Des études de lettres. » Je m'étonne du calme de ma voix. Toi, tu retournes une fraise dans ton assiette. Tu as beau me dire, très sentencieux : « C'est bien mon fils », tu masques mal ta déception en coupant de nouvelles parts de fraisier. Tu me veux ingénieur dans un bureau d'études. J'aurais dessiné le TGV ou le Concorde, ou la nouvelle Peugeot. Tu aurais été fier de dire à tes clients : « Mon fils est ingénieur à Sochaux. » Au lieu de cela, je vais me plonger dans les livres et, qui sait, je serai peut-être agrégé comme Hélène. Tu as le cuir trop épais pour que je décèle en toi une pensée pour elle mais je suis convaincu qu'elle t'habite encore. Ce que je ne te dis pas, c'est que je compte me faire embaucher en cuisine. Tu trinques à la gnôle avec Gaby et Lucien et te forces à rire. Je vais m'allonger dans le pré en face de la maison. Depuis que je l'ai découvert dans mon casier, le numéro d'Hélène me hante. Je l'ai encore noté sur un autre papier que je sors de mon pantalon. La tête me tourne. Imaginons qu'elle décroche. Est-ce que je dirais d'abord « Je suis bien chez Hélène ? » ou « C'est moi Julien » ? « Bonjour, Hélène » ou « Bonjour, maman » ? Et si elle raccrochait aussitôt après m'avoir reconnu, ou disait « Monsieur, vous faites erreur » ? Ou bien il y aurait un long silence, parce que je n'oserais pas parler. Elle me dirait peut-être : « Julien, depuis le temps que j'attendais ton appel. » Il y aurait un autre blanc et puis elle soupirerait très fort avant de me demander : « Qu'est-ce que tu deviens ? » Non, je ne voudrais pas qu'elle me parle ainsi. « Qu'est-ce que tu deviens ? » c'est quand on fait semblant de s'intéresser aux gens. En fait, on n'aurait peut-être rien à se dire. Je m'excuserais poliment et je sortirais de la cabine en courant.

3

Ça fait des plombes que je suis dans ce bureau de poste. À éplucher l'annuaire ligne après ligne en repérant les numéros qui se terminent par soixante, comme celui d'Hélène. Puisque je ne me suis toujours pas décidé à lui téléphoner, je tente de la localiser en espérant qu'elle ne sera pas sur liste rouge. La cloche de l'école voisine sonne. Midi, le bureau va fermer. Le guichetier qui m'a vu penché sur l'annuaire toute la matinée s'approche de moi.

– Vous l'apprenez par cœur ?

Je deviens cramoisi. Je bredouille :

– Non, je cherche le numéro de quelqu'un.

Le postier prend l'air de celui à qui on ne la fait pas.

– Je peux voir les chiffres que vous avez dans la main ?

Je lui tends mon papier. Il sourit.

– Ce n'est pas la peine de chercher en Côte-d'Or. Votre numéro se situe dans le Doubs, probablement à Besançon.

Moi qui me voyais débarquant à Dijon sur la trace d'Hélène, me voilà en train d'éplucher les numéros bisontins. Je ne me serais jamais imaginé autant de patience. Je tombe enfin sur l'adresse correspondant au téléphone ; le nom n'est pas le sien et c'est un prénom d'homme. C'est comme un coup de poignard. Elle s'est mariée, a sûrement des enfants alors que tout est immobile chez nous depuis qu'elle est partie. Mon père n'a pas refait sa vie, ma mère biologique n'a pas choisi, elle, de mourir. Hélène nous a trahis. Je suis en colère contre cette pute de bourgeoise qui savait tout mieux que les autres, qui n'avait jamais mis les mains dans le graillon. Je la méprise. Moi, je ferai des études de lettres sans être né avec une cuillère en argent dans la bouche. J'irai à la fac avec la veste M43 que m'a refilée Gaby, pas en Burberry.

Tu m'apparais pitoyable quand je te retrouve dans la cuisine. Soudain tout me semble minable, les nappes en papier de la salle, les odeurs de pastis et de Gauloises, tes casseroles fatiguées, le pas traînant de Lucien, la douche à côté de la cuisine, le capharnaüm du premier étage, les permanentes colorées de Nicole qui s'habille comme un corbeau depuis qu'André est mort dans un accident de voiture. Et pendant ce temps-là, Hélène doit être confortablement installée dans sa vie de notable à Besançon, ses gamins avec bermudas à carreaux, serre-tête et col Claudine, le bridge du dimanche, le vide-dressing du Rotary Club, le ski en Suisse l'hiver, la Côte d'Azur l'été. Tu interromps mon film :

– Tu t'es toujours pas inscrit à Dijon ? Il serait temps, non ?

– Non, je vais m'inscrire à Besançon.

J'ai parlé sans même réfléchir. C'est comme si j'avais toujours vécu dans cette ville alors que je n'y ai jamais mis les pieds. Elle m'est familière quand je prononce son nom alors que je n'en connais que les images de la télévision régionale. Je vois ses rues sombres, ses vieilles pierres, je m'imagine une soupente sous les toits avec des piles de bouquins pour seuls meubles, une planche, deux tréteaux pour bureau, un matelas sur un bout de moquette usée. Et toi, tu n'as pas l'air surpris. Dijon, Besançon, c'est du pareil au même, une demi-heure de train. Quand même, tu me demandes :

– Pourquoi Besançon ?

Je prends un air suffisant :

– Parce que c'est la ville natale de Victor Hugo.

Tu t'inclines devant mon savoir. Je te déteste quand tu courbes ainsi l'échine. Je tente de me convaincre que Besançon, ce n'est pas pour Hélène. Je veux seulement comprendre ce qui s'est passé et après je lui foutrai la paix. En achetant un plan de la ville chez le libraire, j'ai établi mon programme des jours à venir : m'inscrire à la faculté de lettres, chercher une piaule, commencer les cours et, seulement après, aller voir où elle habite.

Je suis dans l'autorail. Je fume de l'Ajja 17 car je suis un baroudeur qui va sauter sur une ville inconnue. À côté de moi, il y a mon sac à dos que tu as rempli avec ta minutie d'ancien soldat. Mon sac de couchage, du linge, une trousse de toilette et des provisions pour tenir un siège : un saucisson, des fruits, des biscuits secs, deux boîtes de pâté Olida, un cake au citron. Tu m'as fait mille recommandations en me remettant deux chèques signés et des billets. Tu m'as conseillé d'en plier quelques-uns dans une chaussure car « on ne sait jamais ce qui peut arriver ». Tu me fais promettre d'aller dormir dans l'hôtel où tu as téléphoné et réservé pour moi. Je me demande comment l'ancien sergent du djebel, célébré par Lucien, a pu se muer ainsi en mère poule.

Au sortir de la gare de Viotte, Besançon ne ressemble pas du tout à ce que j'imaginais. C'est une ville verte blottie entre les collines et les méandres du Doubs. Je descends la rue Battant dans l'air frais d'une journée d'automne. Il me suffit de quelques pas pour adopter d'emblée ce quartier prolo et bigarré. On s'y hèle de bon matin entre les couscous, les bars, les boutiques et les ateliers d'artisans. Je me pose à une terrasse. Tout me semble magnifique, le café servi dans un petit verre, l'odeur du poulet grillé, le gris des vieilles pierres...

Dans une bouffée d'enthousiasme, je demande au cafetier s'il connaît une chambre à louer. Ma question fait le tour du comptoir, du pâté de maisons puis de la rue. Un homme s'approche de moi, il me tend son poignet pour saluer car sa main est maculée de peinture blanche. Il a une chambre à louer au dernier étage au-dessus de son atelier. Si je veux venir voir. Je suis un peu hébété par la rapidité des événements. Mais aussi la facilité apparente de la vie, quand je le décide. La chambre est au sixième étage d'un bel escalier de bois qui va rétrécissant. Le propriétaire m'explique qu'il est menuisier, il me donne du « tu » d'emblée. « Tu vas voir, c'est simple mais c'est propre. » La chambre est dans un coude au fond d'un couloir où se trouvent les toilettes. On dirait un bout de coursive de bateau comme j'ai pu en voir au cinéma de la MJC dans *Le Crabe-Tambour*. Il y a juste la place pour un lit au bout duquel une table est coincée contre un mur. Il faut enjamber le dossier de la chaise pour s'y installer. Un lavabo et une armoire complètent l'ameublement. Par le vasistas, un rayon de soleil caresse le couvre-lit à fleurs. L'endroit sent bon l'encaustique. Mentalement, je refais le chemin de ce perchoir à la rue. Je m'y sens libre et solitaire. Le propriétaire ne veut pas de chèque, il me dispense de caution si je le paie en liquide. Je règle le loyer avec mes billets. Me voilà chez moi. Je monte sur le lit pour apercevoir une mer de vieilles tuiles par la fenêtre. Des corneilles craillent sur une cheminée. Je vole dans la rue jusqu'au pont Battant où je découvre les eaux brunes du Doubs. Je flâne sur les quais jusqu'au parc Chamars. Je m'assois sous les arbres pour couper un morceau de saucisson. Je n'ai jamais mangé ainsi, seul, adossé à un tronc avec le bruit lointain des autos. Je ne songe pas une seconde à Hélène dans ce décor qui lui est pourtant familier. Je m'approprie cette ville en grignotant des biscuits.

L'après-midi, je m'inscris en lettres, rue Megevand. L'endroit sent les vieux livres et le parquet ciré. J'ai la copie de mon bac en poche, un Bic noir pour remplir les formulaires. Deux bières au bar de l'université dopent mon enthousiasme de grenadier-voltigeur solitaire. Le soir, je sacrifie une pièce de cinq francs pour te téléphoner. Oui, je suis désormais étudiant ; oui, je dors à l'hôtel car tu comprends, ce n'est pas facile de trouver une chambre. Alors je ne sais pas quand je vais rentrer. Je sens bien que tu es déçu. Encore une fois, tu me recommandes de ne pas laisser traîner mon argent dans ma chambre car « on n'est jamais sûr de personne ». Je rigole en raccrochant.

Je suis un des derniers à entrer dans l'amphi. J'ai le vertige en haut de l'escalier. Je m'assois au fond, au bout d'un rang. Il y a une majorité de filles. Je suis étonné, moi qui sors d'une classe de métallos rugueux. Certaines ont les ongles faits. Tout me semble raffiné. Le professeur est un rouquin en costume cravate. Il nous dit bonjour comme si on s'était quittés la veille. Il ouvre un porte-document en cuir rouge et se met à lire son cours. Il est question du *Cid* de Corneille. Je ne comprends pas un mot de ce qu'il dit d'un ton infatué. Ses phrases se perdent dans un insupportable zozotement. Je suis incapable de prendre une note. J'envie le grand brun du rang devant moi qui noircit des pages. À ma gauche, deux filles chuchotent en riant. L'une d'entre elles caresse ses cheveux en désignant ce qu'elle pense être la moumoute du prof. Je me demande ce que je fous ici. Je songe aux grands arbres de Chamars perdant leurs feuilles, aux champignons de l'automne. Je me vois au milieu des charmilles avec Gaby, sous les arches de noisetiers. Il me dirait qu'il est content que j'aie choisi Besançon car c'est la capitale du socialisme utopique et de Charles Fourier. Il me raconterait la grève des horlogers de chez Lip en 1973, les combats de Jean Josselin, le boxeur prolo bisontin, champion de France et d'Europe des poids welters dans les années soixante. Il avait failli décrocher le titre mondial à Dallas en 1966. Nous débusquerions un tapis doré de girolles. Maria viendrait s'asseoir sur les genoux de « son homme ». J'aurais du désir dans le bas-ventre.

J'erre avec mon plateau au milieu du restaurant universitaire. Je n'ose pas m'asseoir parmi les autres étudiants. Je tourne en rond un bon moment avant de trouver une table vide. Je suis écœuré par l'odeur de Javel et de bouillon industriel. La purée est froide, la viande filandreuse et la sauce a un goût d'os brûlé. Je mange mon pain sec et ma banane. Désormais, je rentrerai manger dans mon perchoir, me nourrissant presque exclusivement de pain rond à l'orge acheté dans une épicerie arabe de la rue Battant et trempé dans une belle huile d'olive sombre. J'avalerai également des tartines de harissa : rien de mieux que le piment contre les baisses de moral. J'ai aussi un bol d'amandes sur mon bureau dans lequel je pioche en tentant de déchiffrer *Le Cid*. Avec Corneille, j'ai l'impression d'apprendre une langue étrangère. Je n'arrive pas à raccrocher du sens, des sentiments à ses mots. S'ils me voyaient, mes potes métallos me diraient que « j'encule les mouches ».

Un après-midi d'octobre, un grand escogriffe avec un nez en bec d'aigle et une cape noire a débarqué dans notre amphi. Il a promené sa tignasse frisée sur les rangs. Il s'est assis sur le bureau et nous a tenus en haleine, sans aucune note, durant deux heures. Il nous a dit que l'université était malade de fabriquer des diplômés qui ne faisaient que recracher les cours de leurs enseignants. Il a prévenu que, avec lui, il était hors de question de se conformer ainsi, que nous étions là pour faire l'apprentissage de la liberté de penser et d'écrire. J'étais abasourdi. Je me suis rassuré en me disant que Gaby pensait comme cet homme et qu'il aurait pu être lui aussi, dans une autre vie, professeur de littérature comparée. J'ai gardé dans *Bocuse dans votre cuisine* la liste des livres qu'il nous a prescrits pour l'année : *Le Songe d'une nuit d'été* ; *À rebours* d'Huysmans, des textes des romantiques allemands et de Fassbinder. Il est notre seul professeur qui ne recommande pas la lecture de ses propres livres. Je le compare à toi : ni cahier de recettes ni polycopiés, juste le regard et l'oreille qui vous suivent comme un fil d'Ariane.

Le jour de la Toussaint, je me décide. C'est un jour de givre. Je bois un café en bas de ma chambre. Le couscous qui mijote dans la cuisine fait de la buée sur les carreaux. Le patron me tend des amandes et des dattes car j'ai un gros rhume. Le vieux radiateur au pied de mon lit a rendu l'âme. J'ai dormi avec tous mes pulls sur le dos. J'avais promis à mon père de rentrer le 1er novembre mais je recule sans cesse le moment de le retrouver. J'ai changé de vie en montant dans l'autorail. Au téléphone, j'ai troqué la pièce de cinq francs contre un franc tellement je n'ai rien à lui dire. Même si j'ai encore de la monnaie, je le laisse en plan quand la communication coupe, interrompant ses insupportables questions. Est-ce que je mange ? Est-ce que je n'ai pas froid ? C'est compliqué ce que tu apprends ? Je voudrais lui hurler : « Lâche-moi, tu n'es pas ma mère. »

Une foule sombre se rend à la messe de la Toussaint à l'église Sainte-Madeleine. Je traverse le Doubs gros des pluies de l'automne. Je fais le fond de mes poches pour rassembler de quoi m'acheter un paquet de tabac. Je n'ai pas besoin de plan pour me repérer. Je connais sa rue même si je me suis gardé jusqu'à maintenant d'y passer. Je me fais le film de son quartier, la boulangerie, la boucherie, la fleuriste où elle doit avoir ses habitudes. Le tabac-journaux où elle achète peut-être encore *Le Monde* et ses Royale menthol. Je remonte les pavés luisants en imaginant d'abord ses bottes cavalières marron, puis son manteau beige et le foulard où s'égaye la masse sombre de ses cheveux. Plus je me rapproche du numéro pair de sa rue, plus je rase les murs. J'ai peur de la croiser et je frôle les portes cochères pour m'y réfugier au cas où elle apparaîtrait.

À son adresse, il y a un portail fermé et de hauts murs mangés par la vigne vierge. Je recule pour prendre la mesure de la façade et en déduis qu'il doit s'agir de l'un de ces hôtels particuliers nichés dans le vieux Besançon. Je tente de pousser la porte, mais elle est fermée. Sur le chambranle, il y a une rangée de sonnettes en bronze où apparaît le nom de l'annuaire. Je frôle le bouton même si je sais que je n'appuierai pas. Je décide de faire le tour du quartier, je m'assois sur l'escalier du kiosque à musique de la place Granvelle. Un pâle soleil blanchit les arbres dénudés. Je sors de ma poche *Les Égarements du cœur et de l'esprit* de Crébillon fils et je tente de lire. Geste magique toujours, je me donne dix pages pour retourner devant son porche. Une voix d'enfant me fait sursauter. Et si elle venait promener le sien ici ? Je cours m'abriter derrière un tronc. Une petite fille me dépasse suivie d'une jeune femme blonde. Onze heures sonnent à une église, je termine un chapitre de Crébillon. Je serre les poings dans mes poches, je marche à grandes enjambées. Le portail ouvert donne sur une cour pavée ornée de buis taillés en pots. De hautes fenêtres courent sur les trois ailes de l'hôtel. Une berline allemande est garée devant l'entrée principale.

J'entre dans la cour avec un mélange de fureur et d'appréhension. Je suis le para du *Jour le plus long* sautant sur la Normandie, le 6 juin 1944. Je ne peux ressortir que victorieux ou perdant. Je me plante bien droit au milieu de la cour. Je pourrais hurler mais je me dis que le mektoub est à la manœuvre. Je fixe la belle porte sculptée en chêne. J'imagine. Elle s'ouvre, Hélène passe la tête, écarquille les yeux : « C'est toi Julien ? » Elle me sourit et dit : « Viens. » Je ne bouge pas. Elle s'approche, je reconnais son parfum, elle m'enlace. Victoire. La défaite, c'est la porte qui s'entrouvre, elle ou un inconnu me dit : « C'est pour quoi, jeune homme ? » Je me chie dessus en bafouillant un mensonge et en tournant les talons.

Midi sonne au clocher. Je scrute les fenêtres et les rideaux. Rien ne bouge. Jusqu'à un dévalement de pas et des échos de voix dans un escalier. Je rebrousse chemin et me planque au coin de la rue. J'entends le moteur de la berline chauffer et des portes claquer. Je distingue le conducteur, un homme au visage mince et à lunettes dorées. J'aperçois une ombre à côté de lui, la flamme d'un briquet et, à l'arrière, deux enfants. Je marche. Ni victoire ni défaite.

4

Il y a un « foie gras, haricots verts » pour la quatre. Je dispose minutieusement les haricots sur l'assiette, j'ajoute des feuilles de persil et je dépose l'assiette devant le second qui poêle le foie gras. Je retourne à mon poste préparer des radis et reçois une bourrade dans le dos. Le second me tend l'assiette. Il a une touffe de poils sous le nez qui lui donne l'air arrogant. « C'est comme ça qu'on t'a appris à tailler les haricots ? » Mes mains se figent dans l'eau glacée où je lave les radis. Une nouvelle bourrade : « Ici, on n'est plus dans ta gargote de péquenots, on cuisine, on ne nourrit pas des veaux. » Le contenu de l'assiette vole jusqu'à la poubelle. Il articule tout contre mon oreille : « Les haricots, tu les tailles dans le sens de la longueur, vite fait, sinon je t'explose. » Je tire la planche à découper devant moi et, un à un, je détaille une poignée de haricots verts. J'entends le second qui marmonne au chef : « Ça sort du trou du cul du monde et ça veut jouer dans la cour des grands. »

Le chef ne dit rien. Il est ailleurs, comme d'habitude. Quand il m'a recruté pour des extras, il m'a juste demandé : « T'es sûr que c'est le métier que tu veux faire ? » Je lui ai caché que j'étais étudiant. J'étais intimidé par le décor, les banquettes en velours rouge, les boiseries sombres, le marbre et la multitude des miroirs. Il m'a tendu une main molle, notre entretien l'ennuyait. Il ne m'a pas regardé, il surveillait la mise en place de la salle. C'était la première fois que je voyais un serveur repasser une nappe sur une table. Un autre astiquait les couverts au vinaigre blanc. Le chef regardait aussi ses ongles en me parlant de la nouvelle cuisine, des sauces allégées, des cuissons minute, des légumes dans l'assiette tels qu'ils étaient dans le jardin.

Il n'a que le Gault & Millau à la bouche. Le guide lui a décerné une jolie note l'année dernière. Le Michelin c'est autre chose, c'est son obsession silencieuse, il est tabou d'en parler en cuisine. Depuis le temps qu'il attend son étoile, le chef redoute le guide rouge autant qu'il l'exècre. Il suffit qu'un client inconnu se présente avec un air appliqué pour que ce soit le branle-bas. Le chef veut tout voir, tout contrôler. Il dispose lui-même les amuse-bouches sur l'assiette, presse de questions le maître d'hôtel qui veille sur cette table VIP.

Est-ce que l'homme a parcouru longuement la carte ? A-t-il demandé des précisions ? A-t-il hésité entre les plats ? Pourquoi a-t-il pris le menu du marché plutôt que le menu gourmand ? Lui a-t-on expliqué la carte des vins ? Lequel a-t-il pris au verre ? Parfois, le chef lorgne l'intrus en loucedé depuis le coin du bar. Il croit l'avoir déjà vu. Ou non. Il demande l'avis des serveurs, qui ne savent plus sur quel pied danser. En cuisine, on soigne l'inspecteur présumé. Commande-t-il un « pavé de sandre rôti, jus de viande » que le second inspecte le morceau de poisson, pince à épiler en main, à la recherche d'une éventuelle arête. Il faut aussi recommencer la découpe d'un citron dont les dents ne sont pas jugées suffisamment régulières. Le chef vérifie cent fois la cuisson de ses médaillons de filet mignon. Il hurle contre un apprenti qui a laissé un morceau de peau sur une fève. Le maître d'hôtel vient au rapport. Il doit décrire la mine du client devant son plat, s'il a laissé quelque chose, s'il a fait un commentaire. Est-ce qu'on lui a rappelé que tout est fait maison, bien sûr ? Que le restaurant est connu pour son nougat glacé, coulis de framboise ? Non ? Il a préféré la salade de fruits ? Comme c'est étrange pour un critique gastronomique. « Surtout mettez-lui des macarons avec le dessert. Je vais faire le tour de la salle et, mine de rien, je viendrai le saluer », prévient le chef. Il change de tablier et de chaussures. Il descend sur scène, converse avec les habitués, fait servir deux apéritifs à ceux qui attendent leur table et s'avance vers le client mystère en grande discussion avec le maître d'hôtel déconfit : « Bravo, chef, j'étais en train de dire à monsieur que je reviendrai dans votre établissement lors d'un prochain rendez-vous avec le maire. » Bibendum ne sortira pas de ce corps. « Encore raté », souffle un apprenti serveur à l'un de ses camarades en cuisine.

Le chef et son second nous font payer cher ce genre de journée. Oubliée, la pause de l'après-midi. Nous voilà en train d'éplucher et de préparer des montagnes de topinambours, d'épinards, de monder des tomates, de concocter des fonds et des bouillons. Le second trouve n'importe quel prétexte pour engueuler les apprentis avec force coups de poing dans les bras et oreilles tirées. Les gamins sont épuisés, mal nourris. Il n'y a pas de vrai repas du personnel. On mange ce qui n'est plus servi en salle, c'est à la limite du comestible. J'ai faim. Un soir, je picore dans une assiette revenue à peine touchée. Le second me traite tout haut de « pique-assiette ». Je ne proteste pas. La fatigue l'emporte sur le courage. Je veux finir au plus vite car je dois encore me mettre à mes bouquins en rentrant. Mais le service s'éternise. Tout à l'heure, il faudra encore écouter le chef faire la leçon aux apprentis tombant de sommeil. Il leur rappellera que c'est un « privilège d'être nourri et logé ». En réalité, ils n'ont rien à bouffer et dorment dans un trou à rats sous les toits. J'en ai vu un pleurer plusieurs fois. Un lundi matin, il n'est pas revenu. « De toute façon, il n'était pas fait pour ce métier », avait dit le chef.

Autant son second m'apparaît comme un authentique sadique, autant je n'arrive pas à me faire une opinion tranchée sur lui. Un matin que je bataillais à préparer un carré d'agneau, il est arrivé avec son couteau désosseur et m'a montré comment dégager la viande sur le haut des côtes pour les laisser apparentes. Il m'a alors raconté qu'à l'âge de quatorze ans, il avait travaillé dans un abattoir des Vosges avant d'entrer en apprentissage en cuisine. En le regardant gratter à blanc les os du carré d'agneau pour éviter qu'ils ne colorent à la cuisson, j'ai compris son obsession maladive de la perfection qui l'enfermait dans une vie sans femme, sans enfants, où seul lui importait le service. Les autres ne comptaient pas.

Tu es comme lui. Souvent, je me suis demandé si Hélène n'était pas partie parce qu'elle en avait marre de te voir tout le temps dans tes casseroles. De la cabine téléphonique à sa porte, ce n'est pas un hasard si je n'ai toujours pas renoué avec elle. J'ai trop peur d'entendre des mots qui t'étrilleraient. Je ne l'imagine pourtant pas t'accuser. Les faits, juste les faits, pourraient suffire. Je me souviens de ce que disait Gaby : « Et folle de ton père avec ça. »

Quand je ne suis pas aux fourneaux, je m'efforce de ne pas perdre de vue les cours de la rue Megevand. Je déboule dans l'amphi, parfois à peine sorti de cuisine. « Tu sens pas une odeur de bouffe ? » me dit mon voisin. Je souris en songeant à la remarque de Corinne. J'ai renoncé définitivement à comprendre Corneille mais je suis assidu aux cours de littérature comparée. Le frisé avec son nez d'oiseau a compris que je n'étais pas le genre à fréquenter les boums de médecine ou de droit.

– Qu'est-ce que vous avez fait avec vos mains ? m'a-t-il demandé un jour que je m'étais brûlé. Je lui ai répondu que je m'étais fait ça en bricolant sur ma moto, que je n'avais évidemment pas.

– Vous êtes quelle marque ?

– Moi, je suis Honda, la XT 500, avais-je menti en convoquant le souvenir de mes années de lycée.

– Japonaise, donc, avait-il insisté. Moi, je suis plutôt anglaise, Norton, Triumph.

Quand je ne mens pas, je jongle avec les lacunes. Trois années d'enseignement technique ont creusé un fossé abyssal entre moi et ceux des filières littéraires. J'aime les mots mais ils m'échappent comme les truites que je pêchais à la main avec Gaby. Quand je ne sais pas ou que je ne comprends pas, je fais semblant d'assurer. Mais parfois, le funambule chute. Je fais un exposé sur Shakespeare. Je suis aussi à l'aise que si je faisais une crème Chiboust dans le noir. J'évoque longuement la mort

« fictive » et « symbolique » d'un personnage et je conclus, soulagé. Nez d'oiseau a gardé sa cape noire. On dirait un corbeau perché sur un arbre au milieu d'un champ. Il se retourne vers mes camarades en leur demandant :

– Alors vous en pensez quoi ?

Silence dans l'amphi, quelques voix murmurent : « C'est bien. »

– Moi, j'ai juste une question, fait-il. Vous parlez de mort fictive, symbolique. Pourquoi pas seulement l'une ou l'autre de ces épithètes ? Quelle est la différence selon vous entre les deux ?

Je bredouille des phrases sans queue ni tête. Il me laisse m'enfoncer, goguenard, pour me rattraper *in extremis*.

– Il serait plus approprié d'évoquer une mort fictive, ça vous parle ?

Je fais « oui » avec l'empressement d'un gardé à vue qui vient de signer son P-V de sortie.

– Tout va bien alors, c'était très bien.

Je n'ai pas l'habitude des compliments. En cuisine, on m'a souvent répété que « l'on fait à manger pour le client, pas pour se faire plaisir ». Je remonte l'escalier de l'amphi. Nez d'oiseau me rappelle :

– Vous ne devriez pas perdre vos moyens. Ce ne sont que des mots, que du papier. Je suis sûr que vous êtes plus paisible en cuisine.

Je suis pris la main dans le sac.

– Tout se sait ici. Surtout quand vous sortez les poubelles d'un restaurant.

Nous montons les marches ensemble. Juste avant les portes battantes, il me dit :

– J'ai beaucoup d'estime pour les gens qui travaillent de leurs mains.

Un soir, je donne un coup de main aux apprentis pour ranger leur poste plus rapidement. C'est la fin du service. Le chef est sorti. Le plongeur vient de terminer de récurer le sol. C'est un Kurde qui vient de débarquer en France. Il s'appelle Agrîn et a été recruté le matin. Il est payé en liquide, à la journée. Le second multiplie les brimades contre ces travailleurs clandestins. Une fois, c'est une poêle qu'il estime mal nettoyée, une autre, c'est la vaisselle qui ne va pas assez vite. Aujourd'hui, le second est particulièrement hargneux contre le plongeur, qui s'est rebiffé parce qu'il voulait lui faire récurer deux fois la même casserole. Ce dernier est bien décidé à le lui faire payer. Il vient de verser volontairement un reste de jus de viande sur le carrelage propre. Rigolard, il prétend qu'il n'a pas fait exprès et ordonne à Agrîn de laver à nouveau le sol. Le plongeur dit doucement « non », l'un des seuls mots qu'il connaît en français. « Nettoie, que je te dis. Ou t'es viré ! » Il se lève, récupère la serpillière dans l'eau grasse de l'évier et la jette aux pieds du plongeur, qui reste de marbre. « Ramasse. » Agrîn croise les bras. « Écoute-moi bien, sale raton, tu laves ta merde ou tu prends mon pied au cul. » Le plongeur esquisse un sourire et lui balance ce qui doit être un nom d'oiseau en kurde. L'autre lui fonce dessus, j'ai juste le temps de m'interposer. Le second s'écrase contre mes pieds, surpris, encore plus furieux. « Alors, toi aussi, tu défends la racaille. Laisse-moi passer que je lui en colle une. » Dans mon dos, Agrîn s'affole : « Non, non. » « Te mêle pas de ça l'intello ! » Le second m'appelle « l'intello » depuis qu'il m'a vu lire près du local à poubelles. Il mime un coup de tête en direction du plongeur, je le repousse. Il revient à la charge, je le savate, il glisse sur le carrelage mouillé et me balance dans un cri étouffé : « T'es qu'un commis de bar à putes. Comme ton père. » J'entends Gaby qui me dit : « C'est pas forcément le plus fort qui gagne dans une bagarre, c'est souvent le plus méchant. » Je prends la serpillière et je l'enfonce dans la bouche du second. Il me chope les couilles et les tord. La douleur décuple ma violence. J'attrape une poêle, je pourrais lui fracasser la figure, quand je sens une poigne d'acier retenir mon bras. Agrîn me fixe avec une étonnante douceur. « Non », dit-il en reposant la poêle sur la cuisinière.

Je suis soulagé d'être viré.

5

Un dimanche matin, on frappe à la porte de ma chambre. J'ai une gueule de bois épouvantable. Trop de bières avec Agrîn et quelques Mohicans de la fac qui ont trinqué au PKK et à la LCR. Je t'ouvre, torse nu, en grattant ma barbe. Tu me dévisages, ton sac de croissants à la main. « Il faut que je fasse la route pour te voir ? » Je bâille pour masquer ma gêne. « Tu ne me fais pas entrer ? » Tu es le premier à visiter mon perchoir. Je rabats maladroitement le couvre-lit et t'invite à t'asseoir sur mon unique chaise. « Tu as du café ? » Je désigne le pot de café soluble à côté de ma brosse à dents et fais couler l'eau chaude. Tu es déçu par mon installation sommaire. « Tu aurais dû me dire, je t'aurais apporté une cafetière électrique. » Je n'ai que mon mug pour deux. On se le partage en trempant un bout de croissant. Tu scrutes chaque recoin, t'attardes sur les piles de livres qui encombrent mon bureau et sur mes notes punaisées sur le papier peint.

– Tu aurais dû me dire, je t'aurais donné plus d'argent.

– Pour quoi faire ?

– Pour te trouver un endroit plus grand.

– Ce n'est pas une question de taille, je suis bien ici.

– Tu fais comment pour manger ?

– Je me débrouille, je n'ai pas faim.

Tu n'as pas l'air convaincu. J'ouvre fièrement ton vieux pot à tabac où je range mes économies.

– Regarde, j'ai de quoi faire.

– Mais tu ne dépenses rien de ce que je te verse tous les mois ?

– Je gagne ma vie en faisant des extras.

Je ne t'aurais pas fait plus mal en te donnant un coup de couteau.

– Alors, ce n'est pas fini cette histoire de cuisine ?

– Ce n'est pas une histoire, c'est ma vie.

J'ajoute :

– Tout comme les livres.

Tu plonges la tête dans tes mains.

– Nom de Dieu, mais qui t'a mis dans la tête cette foutue marotte ?

– Moi tout seul en te regardant faire ton métier.

– Mais je t'ai déjà dit que ce n'était pas un métier.

Tu désignes du doigt les livres.

– Et tout ça, ça sert à quoi ?

– À découvrir le monde. Je sais la chance que tu m'offres en me permettant d'étudier.

– Alors, étudie. Ne perds pas ton temps dans les gamelles, deviens professeur.

– Mais je ne perds pas mon temps. Je veux pouvoir lire, écrire et cuisiner.

Tu te masses les tempes, tête baissée.

– Alors, viens m'aider pendant les vacances scolaires.

– Bien sûr, mais ce n'est pas suffisant, papa. Je veux découvrir autre chose. Encore une fois, je veux étudier et cuisiner.

– Mais bordel, à ton âge, j'étais obligé de marner dans un fournil parce que je savais à peine signer mon nom.

– Justement, à travers moi, je veux que tu sois fier de ton métier.

– Hein ? Se faire chier dans une cuisine quinze heures par jour pour des cons qui viennent bouffer et chier chez toi, t'appelles ça un métier ?

– Peut-être que si tu avais consacré davantage de temps à Hélène, si elle était encore avec nous, tu verrais les choses différemment.

Je viens d'appuyer sur le bouton de la guerre nucléaire. J'en suis conscient mais j'estime que je n'ai plus grand-chose à perdre. Nous sommes depuis si longtemps dans l'incompréhension. Tu te lèves de la chaise et m'attrapes par le col. Je crois que tu vas me frapper. Tu me secoues violemment.

– Ne parle plus jamais de celle-là. Tu m'entends, plus jamais.

Tu es incapable de prononcer le nom d'Hélène. Si elle savait, à quelques centaines de mètres d'ici, dans quel état sa simple évocation te met. Je te regarde, tu es tout rouge, mal endimanché avec ton pull jacquard et ton pantalon qui gondole sur tes chaussures, assis sur le lit dans mon mouchoir de poche. Hélène doit petit-déjeuner, corriger des copies dans son hôtel particulier ou se pomponner avant de monter dans sa voiture allemande.

La pluie se met à tambouriner sur le vasistas. Tu allumes une Gitanes. Tu détestes les impasses.

– Alors, on fait quoi ?

– Je passe mon DEUG de lettres et je fais des extras.

Tu tires furieusement sur ta clope.

– Alors, je te coupe les vivres.

C'est sans appel. Tu claques la porte de ma chambre, le poster de Led Zeppelin tombe. Tu as oublié tes cigarettes. J'en allume une et me recouche. Tu es bien la formidable « tête de pioche » décrite par Gaby. Un fond de chagrin mijote en moi.

6

Je trouve une place chez Amar. Il a repris un petit restaurant dans le haut de la rue Battant. Il cherchait quelqu'un pour lui donner un coup de main. On a fait connaissance au-dessus des fourneaux de sa minuscule cuisine, où Agrîn a vite fait son trou à la plonge. Amar m'avait passé un tablier de commis comme si j'étais déjà embauché. Il m'avait demandé : « Tu connais la mloukhiya ? » Évidemment, je ne connaissais pas. « C'est un plat de fête, comme le premier jour du printemps. » Il m'avait montré une poudre d'un vert tendre : « C'est la poudre de corète, une plante qui pousse au pied des palmiers. Elle va faire la sauce. » Il avait découpé un gros morceau de paleron en caressant d'abord le long fuseau grenat. « C'est beau, hein ? » Un homme qui aimait le paleron comme me l'avait appris mon père ne pouvait pas être mauvais. Il avait enduit la viande d'ail et d'une belle poudre terre de Sienne. « C'est le bsar, un mélange d'épices que fabrique ma mère. Elle y met de la cannelle, du carvi, du fenouil », avait raconté Amar en ajoutant du piment d'Espelette, de l'huile d'olive et du concentré de tomate pour faire une pâte puissamment parfumée autour du paleron.

Amar m'avait raconté sa jeunesse de l'autre côté de la Méditerranée : sa mère lavant les épices dans un tamis de palmier, cuisinant la mloukhiya. « Je répète ses gestes. Toute mon enfance, je l'ai regardée cuisiner. Je faisais les courses, j'allais acheter le poisson au port, j'apportais le curcuma à moudre au meunier du quartier. » Son père avait quitté le bled pour travailler en France dans une fonderie. J'avais repensé à ces petits soldats du taylorisme, ces « bougnoules » que méprisait mon professeur de lycée. « Quand il repartait travailler en France, mon père me disait : "C'est toi le père de tes frères, tu n'as pas le droit de marcher de travers dans la rue." » Quand il écrivait, c'est Amar qui lisait ses lettres à sa mère. Le fils rêvait la vie du père en suivant les étapes du Tour de France, en découvrant les paysages et les produits du terroir. Depuis, Amar est incollable sur la géographie et les fromages. Il a fait tous les métiers avant de traverser la Méditerranée et de débarquer un matin à l'aube en gare de Viotte.

Amar avait versé la poudre de corète dans l'huile d'olive chaude où elle avait viré au vert bouteille. Il y avait déposé les morceaux de paleron qu'il avait laissés mijoter dans un parfum d'herbes coupées et de champignons.

Je pousse la porte d'un monde qui me fascine, celui des épices. Chez mon père, je ne connaissais que le poivre, le quatre-épices et la noix de muscade. Amar me fait découvrir la cardamome dans son riz au lait, le curcuma dans ses boulettes de veau, la cannelle dans son sirop d'agrumes, la badiane avec le rognon de veau. Il a absolument voulu que je goutte sa chorba à la sèche avant de me raconter ses premiers pas en cuisine. « Ça va être du beurre en bouche. Mais il faut encore un peu plus d'ail et de céleri. » Il avait commencé par la plonge puis un vieux chef l'avait pris sous son aile. Il avait appris un mélange de cuisine bourgeoise et de bistrot où le lapin à la moutarde côtoyait la sole meunière et les crêpes Suzette. Quand son mentor était parti à la retraite, Amar s'était retrouvé à la tête des fourneaux.

La mloukhiya était cuite, luisante comme une mare d'encre noire. Amar avait planté joliment trois feuilles de laurier sur un morceau de paleron, couleur de cacao. La viande était fondante, la sauce soyeuse comme une ganache avec une délicate verdeur. On l'avait dégustée avec juste du pain.

Avec Amar, j'apprends que la cuisine peut être à la croisée de tous les chemins. Il me fait cuisiner la saucisse de Morteau en cassoulet avec les épices de sa mère ; m'apprend à préparer la graine de couscous pour accompagner le bœuf bourguignon ; me fait découvrir sa recette de pastilla de canard à l'orange.

Quand je noue mon tablier de commis, je ne sais jamais si je vais avoir droit à une leçon de choses sur son eau de fleur d'oranger ou à son interprétation des patates en cocotte qu'on dirait sorties d'une cuisine vosgienne et qu'il enlumine avec le curcuma. Chez lui, l'épice n'est pas la cerise sur le gâteau, elle raconte l'histoire d'hommes qui vivent entre la rue Battant et l'autre côté de la Méditerranée. Amar rigole de ceux qui n'ont toujours pas compris : « Quand je suis au bled, on me dit : "Tu fais des pizzas", et quand je suis ici, on me dit : "Tu fais du couscous." » De lui, Agrîn dit qu'il est comme le figuier : il grandit sans jamais renier ses racines tentaculaires.

Le dimanche, le petit restaurant d'Amar se transforme en un caravansérail où habitués et flâneurs se mélangent pour un café prolongé, un verre de chardonnay et un mâchon. On lit *L'Est républicain*, on refait le match du FC Sochaux, on dragouille gentiment en espérant une sieste enchantée. Amar est un peu le griot de la rue Battant. Avec Agîr, il nous confie les fourneaux. Nous pouvons alors donner libre cours à nos inspirations débridées. Chaque dimanche, je récidive avec mon incontournable omelette aux pommes de terre, ajoutant des oignons nouveaux, de la coriandre, du piment frais selon le garde-manger. Agîr prépare son fameux caviar d'aubergines et des concombres au yaourt. Je prépare aussi avec lui les dolmas, ces feuilles de vigne farcies au riz que tu aimeras tant quand tu seras malade.

Ce matin, je me lance dans la confection d'un riz pilaf que je présenterai dans un grand plat au milieu des mangeurs. Il faut bien l'avouer, pour moi, le riz a longtemps été un plâtras étouffe-chrétien, incontournable avec la blanquette de veau et le poisson du vendredi. Nous avons eu des débats homériques sur la cuisson des pâtes, du riz et des légumes. Tu venais d'une époque où il fallait faire ronfler les fourneaux sous les aliments, quitte à les servir détrempés et informes. Quand j'ai commencé à cuire les haricots verts *al dente*, tu m'as demandé si je voulais faire faillite. Tu m'as seriné : « Tout cela, c'est des modes. » Ta curiosité l'a emporté. Je me rappelle comment tu as protesté en goûtant mon riz pilaf : « Il est pas cuit. » Plus tard, tu me le réclameras : « Tu nous fais de ton riz ? » J'aime le riz quand il se met à chantonner dans le beurre de la poêle. Il dore en dégageant une odeur de noisette grillée. J'aime les louches de bouillon qui le font frissonner avant de murmurer tout doucement en absorbant le liquide. Je suis en train de faire revenir des pignons et des raisins secs pour les ajouter au riz quand Amar m'appelle : « Il y a quelqu'un pour toi. »

Je reconnais la silhouette imposante de Gaby. Il porte une veste de camouflage anglaise qui intrigue la salle. Il a laissé pousser ses cheveux et sa barbe blanche. Il me fait un clin d'œil en s'avançant avec une cagette :

– Tiens, range ça. Livraison à domicile : c'est des asperges sauvages en direct de mes coins à moi. Et silence ici sur la provenance.

Je lui offre un café. Gaby se roule une cigarette. Il ne connaît pas les interdits, encore moins celui de fumer dans un bistrot. Il n'a pas l'air vraiment pressé.

– Tu restes manger avec nous ?

Il hésite.

– D'accord mais vite fait, j'ai pas dit à Maria où j'étais.

Je poêle une grosse poignée d'asperges sauvages que j'ajoute au riz. Je nous fais une grande assiette.

– Tu ne veux pas manger dehors ? Il fait bon, propose Gaby.

Nous allons nous asseoir sur un banc dans le square, face au restaurant. Gaby tripote sa cuillère tandis que je commence à manger. Je me doute bien qu'il n'est pas venu juste pour partager ses maraudes. Il me fixe avec gravité :

– Ton père est malade.

Gaby n'est pas avare en mots, surtout quand il déconne, mais il fait des phrases courtes quand il tutoie l'essentiel. Il n'attend pas que je le relance.

– Cancer du poumon. Ils peuvent lui en enlever un bout, mais il ne veut pas.

Il mâche longuement sa bouchée.

– Tu le sais depuis quand ?

Il a l'air ennuyé.

– Ça fait quelque temps déjà. Mais il ne voulait pas qu'on te le dise.

– Et pourquoi il ne veut pas se faire opérer ?

– Il dit qu'il ne veut pas se sentir diminué, que, de toute façon, il est foutu, que tout est foutu.

– C'est bien lui. Il a toujours voulu décider de tout.

– Il ne croit pas les toubibs quand ils lui disent qu'il a de bonnes chances de s'en tirer. Et puis, le restaurant, ça ne va pas très fort.

– C'est-à-dire ?

– Ton père a pris un coup de vieux. Mon frangin ne peut pas tout faire. Et puis je crois qu'il est miné par la concurrence. Tu vois, maintenant, le midi, les gens préfèrent aller au centre commercial et manger dans les cafétérias.

– Il parle de moi ?

– Il dit que tu es bien parti maintenant dans la vie. Qu'avec tes études, tu auras une bonne situation.

– Et la cuisine, pour moi ? Il ne veut toujours pas en entendre parler ?

Gaby soupire. Il pose sa cuillère et me prend par l'épaule.

– Faut que t'ailles le voir, gamin. Faut que vous parliez.

– Tu crois que c'est facile, toi ?

– Ne fais pas la connerie de nous autres. Nos vieux avaient été ravagés par la guerre de 14. Ils étaient revenus estropiés, ivrognes, muets. Parlez-vous, bon Dieu.

– Qui est au courant pour son cancer ?

– Moi, Maria, Lucien, Nicole.

– La famille quoi. Et Hélène ?

Gabriel fronce les sourcils comme si je venais de dire une incongruité colossale.

– Hélène ?

– Ben ouais, Hélène. Elle a partagé sa vie, ma vie.

– Mais personne ne sait où elle est.

– Moi, je sais.

J'ai l'impression que notre conversation donne le tournis à Gaby, surtout quand j'ajoute : « Je vais lui parler. »

Je raccompagne Gaby à sa 4L. Je me suis roulé une cigarette de son tabac, du Scaferlati.

– Tu vas venir le voir ?

– Dès que j'aurai vu Hélène.

Tout va très vite, comme dans les films de mon enfance où l'on pouvait accélérer les images en tournant plus rapidement la manivelle du projecteur. Je bois un verre à thé de boukha et je compose le numéro d'Hélène. Une voix d'homme dans le combiné.

– Excusez-moi de vous déranger, est-ce que je pourrais parler à Hélène ?

– Je vous la passe.

– Allô ?

– Bonjour, je suis Julien.

J'entends des voix d'enfants. Hélène dit :

– Ferme la porte, s'il te plaît.

7

Je suis assis au bord du Doubs. Je fais des ricochets dans l'eau pour tromper l'ennui. Geste magique. Elle arrivera quand le caillou aura sauté trois fois. J'ai les mains qui tremblent. D'elle, j'ai vu en premier ses baskets alors que je l'attendais en bottes cavalières. Elle porte un jean délavé et un pull marin. Ses cheveux sont attachés en queue-de-cheval. Sa peau me semble très mate. Je me relève et remonte sur la berge. Je reconnais son parfum quand elle m'embrasse. Son sourire est forcé par l'émotion. Je ne sais pas quoi dire, à part, maladroitement : « On va où ? » Elle fait : « On marche, tu veux bien ? » Je veux bien.

Il y a des jonquilles partout sur les pelouses. Je fixe mon regard sur elles, infiniment troublé. Je sais qu'elle le sait. Elle m'entraîne sagement sur mes études. Nous parlons de Goldoni qui me réjouit, de Robbe-Grillet qui m'intrigue, de Gracq dont j'aime tant les livres aux éditions Corti. Elle prend un air amusé.

– Ton professeur de littérature comparée t'aime beaucoup.

– Comment vous savez ?

– C'est un ami.

– Mais comment vous saviez que j'étais dans son cours ?

Il y a le bruit de l'eau qui coule sur un barrage de pierres, les chatons des saules qui volent. Elle me regarde d'un air doux. Ses mots viennent comme une évidence affectueuse. Comme quand tignasse à nez d'oiseau nous dit la vie dans Shakespeare.

– Tu ne m'as jamais quittée, Julien, durant ces années. Même lorsque je me suis mariée et que j'ai eu des enfants. Tu étais là tout le temps. Et puis le monde est petit : j'avais gardé des contacts avec certains de tes professeurs au collège et au lycée. Ils me donnaient de tes nouvelles.

– Et votre numéro de téléphone, vous me l'avez fait passer comment ?

– Par ta professeure de français. Elle était convaincue aussi que tu allais t'inscrire en lettres.

La colère monte.

– Vous m'avez fliqué en douce pendant qu'on était dans la merde.

– Les choses ne se sont pas vraiment passées ainsi.

– C'est bien vous qui êtes partie ?

Je suis penché sur la cigarette que je suis en train de rouler mais je perçois son silence gêné.

– Est-ce que tu m'en roulerais une, s'il te plaît ?

– C'est fort.

– Aussi fort que les Gitanes de ton père ?

– Il a un cancer du poumon. Ça m'a décidé à vous voir. Il ne veut pas se soigner.

Hélène a tourné brusquement la tête vers le Doubs. Elle aspire une longue bouffée et parle d'une voix monocorde.

– Ce ne fut pas le coup de foudre quand j'ai rencontré ton père. C'est en le voyant seul avec toi que je me suis mise à l'aimer. Très fort. Moi qui venais d'un milieu bourgeois, je me suis sentie tout de suite bien avec vous deux. J'aimais ton père pour ce qu'il était. J'aimais ses mains abîmées par la cuisine. Je n'ai jamais aimé autant les mains d'un autre homme. J'aimais son savoir de travailleur mais aussi son ignorance. Ses questions m'émouvaient quand je parlais d'un livre ou d'un auteur. Quand il ne savait pas, il ne trichait pas comme les autres gens.

– Mais alors pourquoi vous êtes-vous quittés ?

Hélène me fixe douloureusement.

– Je voulais qu'on se marie. Ce n'était pas tant le mariage qui m'importait que ma volonté de t'adopter. Mais ton père ne voulait pas. J'y suis pourtant allée doucement pour ne pas le brusquer.

Mais il était toujours enfermé dans le deuil de ta maman. Au début quand tu m'appelais maman, je le sentais à la fois heureux et peiné. Un jour, il m'a dit : « Tu as rallumé la lumière dans ma vie. » Mais je crois qu'il n'a jamais pu quitter l'obscurité.

– À cause de ma mère ?

– Sans doute mais pas seulement. Il m'a aimée très fort mais il y avait chez lui des ombres qui venaient de loin. Son enfance dans le Morvan, l'Algérie… Même s'il n'en parlait jamais.

– Pourquoi vous n'avez pas fait d'enfants ?

– Il n'en voulait plus. Il n'y avait que toi.

– J'étais le boulet, quoi.

– Ne dis jamais cela. Il t'aime plus que tout.

– Oui, mais mal.

– On aime comme on peut. Être parent, c'est le métier le plus difficile.

Hélène s'éloigne dans le soir entre les grands arbres de Chamars. Avant qu'on se quitte, elle m'embrasse et murmure :

– Si tu savais comme tu m'as manqué.

8

C'est un dimanche d'automne. Nous sommes assis au bord de la rivière. Tu es adossé à un arbre. J'ai placé un coussin derrière ton dos et une couverture sur l'herbe. Tu ne te plains pas. Les métastases grouillent dans ton corps. Les médecins ne te prodiguent plus que des soins de confort, comme ils disent. Tu grignotes une chips avec un verre de côtes-du-rhône. J'ai acheté un poulet rôti.

– Papa, tu veux quoi ?

– Comme si tu ne savais pas !

– Les deux ailes et le croupion alors.

– Une seule aile suffira.

J'ai failli te dire : « Il faut que tu manges. » C'est stupide. La chair du poulet est sèche et sans goût.

– On a connu mieux comme poulet, hein ?

Tu mordilles ton aile. Tu ranges les os dans le sac en papier et prends une poire. Tu la pèles et découpes avec ton Pradel.

– Tu veux un quartier ?

– Oui, s'il te plaît.

– C'est un beau fruit, la poire. Elle te fera tout l'hiver.

Tu regardes au-delà de la rivière et ajoutes : « Quand tu seras en cuisine. »

J'avale une grosse gorgée de vin qui noie mon cœur. Je suis incapable de répondre. J'ai le souffle coupé par l'émotion. Tu le sais, même si tu ne me regardes toujours pas. Tu godilles dans le silence.

– Il y a un ragondin, là-bas, le long de la berge. Tu sais que c'est bon le ragondin, en ragoût et terrine ?

Tu me parles de ragondin alors que tu secoues ma vie comme un prunier.

– Jette-moi donc à l'eau cette carcasse, ça fera le bonheur des poissons.

Je t'obéis comme un gamin.

– Et quand tu feras du poulet, toujours en cocotte dans le four. Avec un citron dans le cul. L'important, c'est de bien l'arroser régulièrement, avec son jus.

Tu croques dans un morceau de poire en haussant les épaules.

– Ben, je ne sais pas pourquoi je te dis tout cela. Tu m'as vu faire, hein ?

Je me lève d'un bond. Je suis plein de larmes et de fureur. J'ai envie de te crier : « Mais qu'est-ce que je vais faire, moi, quand tu ne seras plus là ? » Je vois ta mort prochaine, l'absence, le bruit des casseroles qui ne sera plus le même à 7 heures du matin. Le café sans toi. Les pluches sans toi. Les oignons qui dorent dans la cocotte sans toi. La terrine sans toi. Le coup de feu sans toi pour engueuler : « Attention, les patates s'attrapent ! » Il n'y aura plus l'entame du fromage de tête que l'on goûte ensemble avant ta dernière Gitanes.

J'arpente à grands pas la rive. Une drôle de joie sourde rattrape la colère. Tu viens de me passer le relais entre le croupion d'un mauvais poulet et un paquet de chips industrielles. Tu passes la main. Comme si tu me disais : « Le sel », ou : « Retourne la crêpe. » Je trouve ton embuscade impitoyable. Mais c'est toi, et tu vois en moi un cuisinier. Tu t'es levé. Tu es au bord de l'eau. Tu me tournes le dos.

– Assieds-toi, mon gamin.

Le pire, c'est que je m'exécute comme un môme.

– Tu te rappelles tes *Tout l'univers* ?

– Oui.

– T'étais tout le temps dans ces bouquins, ça me faisait plaisir de te les avoir achetés. Et puis j'étais fier de tout ce que tu savais.

Silence.

– Maintenant, c'est moi qui les lis. J'arrête pas. J'en ai jamais assez de toutes ces pages. Dire qu'il a fallu que je sois dans cet état pour commencer d'apprendre. C'est pour cela que je voulais que tu ailles à l'école.

– Mais, papa, tu as de l'or dans les mains.

– L'or des pauvres... Quand tu fais une assiette, personne ne te voit. Quand t'es dans la merde en cuisine, personne ne t'entend. Les gens, ils mangent. C'est tout.

– Mais on vient au Relais fleuri pour ce que tu fais.

– Pour ce que je faisais, Julien.

– Mais non. Les gens continuent de venir pour ta tête de veau, ton bourguignon. Tout le monde sait que le Relais fleuri, c'est toi. D'ailleurs, si tu avais voulu, on aurait eu l'étoile.

Tu me souris.

– Il n'y a pas de grands chefs, que de grandes tables. Le Relais fleuri, c'est qu'un troquet en face d'une gare.

– Comme le trois étoiles des frères Troisgros. Chacun votre plat mythique : eux, l'escalope de saumon à l'oseille, toi, le vol-au-vent.

Tu éclates de rire.

– Tu ne doutes de rien, toi !

– Tu me le reproches ?

– Oh, que non ! C'est moi qui doutais que tu puisses faire de grandes études et en même temps apprendre ce putain de métier.

– Et maintenant ?

– Tu as les fourneaux et les livres. C'est toi qui sais ton avenir. Ce que tu as appris ne sera jamais perdu.

J'allume la cuisinière pour faire chauffer l'eau. Je passe le café avec ta louche. La mobylette de Lulu ronronne dans la cour. Je regarde la pendule : sept heures et demie. J'épluche des carottes et des oignons pour faire le court-bouillon des ris de veau au vermouth. Tu es mes mains quand je dépose les ris de veau dans le beurre ; mes yeux quand je les fais dorer ; mon intuition quand je dose le vermouth et le bouillon. Lucien est surpris quand je lui demande de goûter.

– Encore un peu de poivre, suggère-t-il.

– Pourquoi mon père ne goûte plus en cuisinant ?

– Je crois qu'il a perdu le goût.

– Hein ?

– Il ne me l'a jamais dit clairement. C'était après la mort de ta mère et surtout le départ d'Hélène... J'ai bien vu qu'il y avait un problème, ça ne lui allait jamais.

– Il fait comment ?

Lulu se mord les lèvres comme s'il allait dire une bêtise.

– Tu le connais, il s'est toujours fié au creux de sa main pour doser le sel. Pour le reste, il fait au pif. Et puis, des fois, entre deux plats, il me dit comme ça : « T'as goûté, Lulu ? »

– Et tu goûtes ?

– Ouais, non, je fais semblant. Il ne se trompe jamais.

Chaque soir, à six heures et demie, je monte deux bols de soupe que nous mangeons ensemble. Tu aimes beaucoup celle aux pommes de terre et au cresson. Tu me racontes *Les Colonnes du ciel* de Bernard Clavel, que j'ai dévoré adolescent et que tu es en train de lire. Tu es fasciné qu'un écrivain ait pu situer l'action de ses livres dans des paysages familiers. Tu me parles de la Vieille-Loye, un village au milieu de la forêt de Chaux où tu allais ramasser des champignons et pêcher des vairons.

J'ai beau avoir installé un fauteuil en cuisine, tu ne viens jamais t'y poser. Tu préfères t'asseoir dans l'arrière-cour. Il te faut de l'air. Mais, de cuisine, tu ne parles jamais plus avec moi, ni avec Lucien. Un jour, je récupère de beaux poulets au marché. J'ai dans l'idée de les préparer façon Gaston Gérard mais j'ai envie de te demander ta version de cette recette dijonnaise qui marie le comté et la moutarde. Tu ne lèves même pas les yeux de ton bouquin. « Je suis sûr que ce sera très bon comme tu feras. » Tu préfères me causer du *Seigneur du fleuve*. Bernard Clavel encore. Je suis là, les bras ballants. Même la nouveauté dans ton assiette ne te fait pas tiquer. Je mets au menu des filets de maquereaux à la sauce soja et gingembre et le riz pilaf que j'ai appris chez Amar. Je ne suis pas sûr de mon coup car les habitués ne viennent pas chercher l'exotisme au Relais fleuri. Lucien est pensif quand il me voit revenir avec un carton rempli d'épices, parfumer l'huile avec du cumin, de l'anis étoilé et des graines de fenouil. Tu goûtes le maquereau, scrutes le riz avec les dents de ta fourchette. Je t'observe depuis mes fourneaux. Quand tu ramènes ton assiette, tu as un petit sourire. Tu as remplacé ta Gitanes par une coupe de mousse au chocolat. L'air de rien, tu détailles mes plats dans ton assiette mais ne dis mot. Tu t'en retournes à tes lectures et tes documentaires sur Arte.

Je repense aux questions que tu posais à Hélène quand elle corrigeait ses copies et qu'elle préparait ses cours. Tu peux enfin étancher ta soif de savoir. Je ne sais pas si tu es un autre ou si je te connais enfin. Je retrouve tes gestes et tes conseils quand j'utilise tes « outils », comme tu dis. Au début, j'étais maladroit. Ma paume, mes doigts se perdaient sur les manches et les lames qui n'avaient connu que ta main. Quand je bataille, Lulu ne me dit jamais : « Ton père, il ferait ou il faisait comme ça », mais : « Tu devrais t'y prendre ainsi. »

Le soir, après le service, je pousse doucement ta porte. Tu me dis d'allumer la lampe de chevet. Tu me demandes pourquoi je ne ferais pas cuisinier pour un milliardaire russe. « Tu gagnerais des millions. Tu pourrais transformer le Relais fleuri en Relais & Châteaux. » Nous rigolons de bon cœur. Je sais que, au fond de toi, tu redoutes l'instant où j'irai me coucher sur le lit où tu dormais, près de tes fourneaux. Plus les soirs passent, plus je reste longtemps. Tu es comme ces enfants qui ont peur d'être seuls dans le noir et qui n'en finissent pas de vous enlacer au moment du coucher. La morphine t'emporte parfois dans des voyages solitaires où tu râles des songes douloureux. Mais quand revient le jour et que tu en as la force, tu veux que je t'emmène faire encore quelques pas. Je t'installe dans la voiture, je fais chanter Michel Delpech dans l'autoradio et nous allons marcher sur le chemin de halage au bord du canal. Tu me montres un tas de ruines gagnées par le lierre et les ronces. Tu me racontes que c'était une guinguette où tu venais manger la friture de goujons et danser avec ma mère. Peu avant Noël, tu veux aller au cimetière. Nous passons chez la fleuriste. Je prends des roses blanches. Quand je reviens à la voiture, tu me souffles : « Pas celles-là, je t'ai dit des roses de Noël. » Je retourne acheter des hellébores. Tu les contemples. Comme si tu songeais qu'elles allaient vous fleurir, toi et maman. Bientôt.

Épilogue

– Tu as les mêmes mains que lui.

– Qu'est-ce qui vous fait dire cela ?

– Les taches brunes sur ta peau et tes paumes rouges.

– Des brûlures, des coups de chaud avec la cuisinière et les casseroles.

– Je sais.

Je bats une omelette. Hélène me prend la main. Je laisse tomber la fourchette dans les œufs.

– Ferme les yeux.

– Pourquoi ?

– Écoute-moi, n'aie pas peur.

Je sens sa main guider la mienne vers le plan de travail.

– Regarde.

Je reconnais la couverture en cuir. C'est le cahier de recettes. Je me retourne comme si tu étais dans mon dos. Hélène sourit.

– Il voulait que je te l'apporte quand tout serait fini. Je l'ai appelé après t'avoir revu. Nous avons parlé, longtemps.

J'hésite à toucher le cahier. Au fond, il ne m'a jamais quitté. En m'en privant, tu as renforcé ma volonté d'apprendre ce métier que tu as eu tant de mal à me transmettre. Je bats à nouveau l'omelette.

– Comment vous l'a-t-il remis ?

– Est-ce que c'est important pour toi ?

– Oui.

J'arrête de battre l'omelette.

– Non, au fond.

Souvent, je me suis imaginé retrouvant ton cahier, exultant à la vue de ce trophée. Aujourd'hui, je suis tranquille en roulant l'omelette dans la poêle. Je finis par l'ouvrir aux premières recettes copiées par Hélène. Puis l'écriture, toujours au crayon de papier, change et court jusqu'à la dernière page. Tu as tout noté de tes recettes, des quenelles au gratin à la confiture de framboises en passant par le navarin d'agneau. Chacune est soulignée. Les ingrédients sont indiqués scrupuleusement. Tout comme les temps de cuisson. Tu y vas même de ton commentaire : « Quand tu choisis des cardons, prends-les de préférence petits et de couleur blanc mat. »

Dans chaque page, il y a de toi. De ta première Gitanes du matin en buvant ton broc de café ; de tes humeurs sans paroles que seul Lucien savait décrypter ; de ta générosité qui fait que tu n'as jamais été riche ; de ton humilité à t'effacer derrière tes assiettes ; de ton talent à sauver un service quand tout le monde voulait manger en même temps ou qu'un plat faisait défaut ; de cette imagination invisible qui t'inspirait une recette avec trois fois rien ; de ton respect de tous les ingrédients, de la miette de pain à la morille ; de ton opiniâtreté à fricasser de 7 heures à 23 heures sans jamais te plaindre.

– Il ne vous a pas donné son crayon de papier ?

– Si, tiens.

Je palpe le fin crayon usé. Sur la première page restée blanche, je note :

La bonne cuisine, c'est le souvenir – Georges Simenon.

Remerciements

À Camille de Villeneuve, pour son regard et ses conseils.

À toutes les femmes et tous les hommes, ouvriers de la transmission en cuisine et ailleurs qui m'ont nourri durant mes reportages pour *Libération*.

Cet ouvrage a été composé
par PCA
et achevé d'imprimer en France
par CPI BRODARD & TAUPIN (72200 La Flèche)
pour le compte des Éditions Stock
21, rue du Montparnasse, 75006 Paris
en mars 2019

PAPIER À BASE DE
FIBRES CERTIFIÉES

Stock s'engage pour
l'environnement en réduisant
l'empreinte carbone de ses livres
Celle de cet exemplaire est de :
750 g éq. CO_2
Rendez-vous sur
www.editions-stock-durable.fr

Imprimé en France

Dépôt légal : avril 2019
N° d'édition : 2 - N° d'impression : 3033475
82-51-8118/7